ファン文庫

大洗おもてなし会議《ミーティング》

四十七位の港町にて

著　矢御あやせ

マイナビ出版

Contents

主要登場人物紹介

皆《みな》川《かわ》涼《りょう》子《こ》

本作の主人公。茨城県大洗生まれ、大洗育ち。笑うのが苦手なことが悩み。
祖母の営む地元の民宿「松川荘《まつかわそう》」でアルバイトをしつつ
将来的には女将を継ぎたいと考えているが、
自分にも地元にも自信がもてずに夢を口に出せない。

加《か》賀《が》 徹《とおる》

東京から大洗にやってきたばかりの医師。
都会的でスタイルがよく、いつも笑顔で診療も丁寧。
おまけに空前のもてなされ上手とあって、町の人気者に。
涼子に、診療所で毎週「大洗おもてなし会議」を開くことを提案する。

皆川しん

涼子の祖母。「松川荘」の女将で、皆川家の中心人物。

皆川謙《けん》三《ぞう》

涼子の父。漁師。寡黙で身体が大きく、顔が怖い。

皆川美《み》沙《さ》

涼子の妹。地元嫌いを公言し、大洗を出て、東京の大学に通っている。

小野さん

最近、大洗に越してきた若者。挨拶ができない。

大洗おもてなし会議《ミーティング》

四十七位の港町にて

矢御あやせ

プロローグ

坂を下っていくと、だんだん青くキラキラとしたものが見えてくる。海だ。幼いころから何万回と見た光景だが、私はこの景色が好きだ。天候や季節によって表情を変える海は、この町とは切っても切り離せない存在だ。

大洗《おおあらい》町。それがこの町の名前だ。都道府県魅力度ランキング最下位《四十七位》という不名誉な結果に甘んじている、茨城県の中部に位置する人口一万六千人ほどの小さな町。港があり漁業が盛んで、夏は海辺に観光客が集まる。北関東ではもっとも有名なビーチでもある。

最近は人気アニメの「聖地」としても有名で、作品のファンが「聖地巡礼」目的に頻繁に訪れている。あちこちで、アニメのキャラクターと題材となっている戦車のモチーフを見かけることも多く、町のシンボルのひとつになっている。

私の家は「松川荘《まつかわそう》」という民宿だ。小さな宿だが、それでもアニメのポスターが何枚か貼ってあり、聖地巡礼の宿泊者にアニメのタオルをプレゼントするサービスも行っている。こんな小さな宿にもアニメの影響は浸透しているのだ。

寄り道でもしよう。

ふと、自分の中の悪魔がささやく。民宿の買い物でホームセンターに行っていたのだが、海に寄るくらいならば許されるだろう。空には太陽がまぶしく輝いており、大きな入道雲がもくもくと広がっている。車の中にいてもまぶしくて仕方がない。こんな日の海はとても綺麗なのだ。

民宿とは逆方向にハンドルを切って大洗公園に車を停め、海沿いの道をずんずんと進んで神磯《かみいそ》の鳥居へと向かう。

ざーんざーんと潮騒《しおさい》の音が心地よい。嗅ぎ慣れた潮の香りも漂う。すぐ横を向けば、建物の合間から海が顔をのぞかせた。青い海面が太陽の光を受けて輝いている。

「涼子姐《りょうこねえ》さん……！　ち、ちっす！」

トラックを降りると、いそいそと駆け寄ってきた高校のころの後輩が姿勢を正し、深々と大げさな挨拶をする。完全に舎弟のそれだった。往来でするには目立ちすぎる。

彼は元ヤンキーの悪ガキだったが、今は改心して奥さんのために一生懸命働いている。

「……挨拶は普通にって言ってるでしょ」

声を押し殺すようにして私は注意する。

「そんなん無理っすよ！　元番長の涼子さんに無礼は働けねえっす」

「しーっ!! 今度、元番長って言ったらただじゃおかないから！」

「ひっ、すみませ〜ん!!」

石崎《いしざき》という名のその後輩は、大げさに首をすくめる。……またやってしまった。

「鬼の涼子」。それが地元での私の通り名だ。元々「怒ってる？」と聞かれやすい顔つきだった。その上、学生時代はいろいろあってイライラしていた。そして、ちょっと不良たちに注意をしたら、ケンカを吹っ掛けられ——勝ってしまった。報復にと、この一帯で一番強い奴にケンカを挑まれ——また勝ってしまった。

彼らも根っからのワルではなかったらしく、それからはなぜか私にものすごく懐いて改心した。家庭や進路など、いろいろなことが上手くいかずに寂しかったそうだ。

そうして、私が父親譲りの仏頂面だったことと相まって、不良を束ねる番長だという根も葉もない噂はあっという間に広まってしまった。もちろん、私は不良とは一切縁のない、ごく普通の生徒のはずだったのだが。

結局、やめろと言っているのに、高校を卒業して何年も経った今もこの姐さん扱いだ。ゾロゾロとガラの悪い連中を引き連れていたせいで、同年代の友人も少ない。

「そーいや、海であの〝先生〟、見たんすよ」

あの先生と言われて思い浮かぶ人物はひとりしかいない。最近東京から越してきた、若いお医者先生だ。

「ふーん……」

「興味ないんすか？　町はあの人の話題で持ちきりなのに」

「仕事で来たんでしょ？　仕事以外で町の人《うちら》と関わることなんてないだろうし」

「そっすね、こんな町なんて、自分から来たがるヤツとか……オタク以外いねーっすよ」

「そーそー。なんもない町だから」

それは、私たちにとっては常識だった。『茨城には魅力がない』。なにせ、茨城県は四十七都道府県中、ここ数年間ずっと魅力度ランキング最下位が定位置になっている県だ。その現実は、多かれ少なかれ県民たちに暗い影を落としている。

大洗町もそうだ。私を含めて、この町の人たちは茨城や大洗町に自虐的だ。「最下位の方が話題になる」と半ばやけくそになって言ったりもする。

好きだけど他人におススメできないものは、誰しももっているだろう。それが、私にとっての大洗町だ。この意識が、曲がりなりにも観光地の民宿の仕事をする身にとって、致命的なのは言うまでもない。しかし、町に住む人間は大洗町を悪く言う。「こんななんもねぇ町に」と口々に。

だから、私もついついそれに同調してしまう。「なんもねぇ町」。そう言うたびに心のどこかが悲しくなるのに、やめられないのだ。

後輩を追い払ってひとりになり、磯前《いそさき》神社の石段の前に着くと、そこから小道を通って海へ出る。岩が多く、じゃりまじりの浜が続く海だ。

今日の風は強く、黒々とした大岩には白い波しぶきが激しく上がっていた。この大岩は地元の人に「大亀さん」と呼ばれている。カメの甲羅のような形をしているからだ。岩の先には海の中に立つ「神磯の鳥居」があり、日の出の名所だ。実際、鳥居と朝日の位置が上手く合うシーズンになると、灰色の鳥居が朱に染まる瞬間を撮ろうと、日の出を待つ大勢の人がカメラを構えて並んでいる。

「あれは……」

ふと、大亀さんの上に乗ろうとしている人影があることに気づいた。噂の若いお医者先生だ。前任の老先生が引退されたので、代わりにやってきたのだという。私は慌てて走り出す。

「ちょっと！　そこに乗っちゃダメ！」

「へ？　あなたは……」

風に乗って、お医者先生の柔らかそうな髪がふわりと揺れる。年齢は三十歳ぐらいだろうか。ほっそりとした長身で手足が長く、色白で鼻が高く顔立ちも整っている。どういうことのないシンプルなワイシャツとスラックスを上手に着こなしていて、フレームの細い眼鏡すらオシャレに見えてしまう、都会的ないでたちの、いわゆるイケメンメガネなのだ。そんなところが嫌みっぽくて、私はどうも好きになれない。

「皆川《みなかわ》涼子。松川荘……近所の民宿をやってます」

「ああ、女将《おかみ》さんでしたか。お若いんですね。僕は加賀《かが》透《とおる》です。最近越してきて医者をしているんですが……」

「知ってます。それと、私は女将じゃないです」

女将。なにげなく言われた言葉だとわかっていても、今の私には引っかかる。

うちは民宿ではあるものの女将は祖母だ。私はあくまで日給制のアルバイト扱いだし、民宿以外に漁協の食堂やサーフィン教室などのアルバイトを掛け持ちしている。今年で二十四歳になるが、定職についているわけではない。祖母の跡を継いで女将になれたらいいなとは思うものの、現状かなわぬ夢だ。

「とにかく、ここは乗っちゃダメです」

厳しく言って聞かせる。

子どものころから親を含めたいろいろな人に散々キツいやら怖いやら言われてきた私

だ。町のヤンキーたちだって私を姐さん扱いしている。これだけ強く言えば、この気の弱そうな先生も、きっと私の忠告を怖がって聞き入れるはずだ。そう思ったのだが……。

「そうなんですか？」

お医者先生は、ただぽかんとしている。怖がられると思っていた私には、予想外の反応だった。

「……ほかに言うことはないんですか？」

「え？　あ、危ないところでした。ありがとうございます」

ぺこりと頭を下げる。別にお礼を言ってほしかったわけではないのだが、先生の様子には嫌みっぽさがまるでない。調子が狂ってしまう。

「あの、この岩は、ここに住む人は特に乗っちゃいけないものなんです。タタられるんです。気をつけてください」

少し言い方がキツくなってしまったかも……いや、これくらいがちょうどいいのだと、私は思い直す。ただでさえ乗る人が多くて困っているのだ。大亀さんに乗っているのがバレたら、地元の人間によくは思われない。先生だって、しばらくはこの町でやっていかなければならないのだし。みんなからの好感度を下げていいことはないはずだ。

「そうなんですね。でも……」

「でも？」

お医者先生は、まだ何か言いたそうにしている。

「なぜ乗ってはいけないんでしょうか？　そういった伝承には由来があるはずです。皆川さんも気になりませんか？」

「ここは神様の降りた場所なんです。それだけじゃなくて、昔はここで亡くなった人もいて……」

それに、浅瀬のように見えても波にさらわれたら無事ではいられない。足元もゴツゴツしていて安定しないし、危ない場所なのだ。……って、初対面の先生に、どうしてバカ正直に答えてしまってるんだろう。きっとこんな辛気臭い話、聞かされたって迷惑だろう。私は気がつけばうつむいてしまっていた。

「それでそれで？」

だが、先生は目をキラキラと輝かせて話の続きを期待しているではないか。というか、顔が近い……！　私は慌てて後ずさりしてしまった。間近で見ると、眼鏡の奥の瞳が大きくて、やはり綺麗な顔をしていた。さっきからずっと心臓のドキドキが鳴りやまない。

「皆川さん、親切なんですね。丁寧に教えてくださって、ありがとうございます」

そんなつもりはなかったのに、先生は整った顔で笑顔を浮かべる。このままでは心臓がもたない。イケメンはコミュ障の私にはハードルが高すぎた。

「そ、そんなことありません！」

私は慌てて先生から逃げ出してしまったのだった。どうしよう。今後、あの人と上手く関われる気がしない。

翌日。お医者先生は早くもちょっとした人気者になっていた。

元々都会的でスタイルがいい上に診察も丁寧かつ親切なのだそうで、その評判はあっという間に町の隅々まで拡散されてしまった。

とりわけ、奥様方はメロメロで、ファンの人たちはすでに「加賀王子」なんて呼んでいる。東京から来てちょっと容姿がいいからって、みんな浮かれ過ぎだ。

「せんせ、うちで採れたスイカ」

「先生、うちのトマト食うけ？」

奥様方は、きゃーきゃー言いながらこぞって貢ぎ物をしている。中身は自分の家で採れた野菜やフルーツが中心だ。噂によると、先生はとんでもない量をもらっているようだが、本当に食べているのだろうか。よくない癖だとわかっているが、私はどうしても都会の人を穿《うが》った目で見てしまう。

「せんせ！　うちであまった魚食べてよ〜」

「わあ、こんなにいいんですか？」

「いいのいいの。捌《さば》いといたから、グリルで焼くだけで食べれっから！」

「ありがとうございます、助かります！」

　ふと、診療所の前を通りかかったら、先生は特大のクーラーボックスに入った魚を貢がれているところだった。とんでもない貢ぎ物だ。いったい誰かと送り主をのぞき見てみれば、うちの母親だった。

　元々、大洗の人間はもてなすことが好きだ。特に、長く観光地としての大洗を支えてきた年寄りたちは、客に対して過剰と言っていいぐらいの歓待をする傾向がある。それにしたって……。

　私は溜《た》め息をつき、母の行動を見なかったことにした。

　あのお医者先生は、仕事でこの町にやってきたんだ。大洗を好きになって移住してきた人とは違う。定住するつもりなんてないだろう。

　今まで仕事でここにやってきた人は皆そうだった。この人こそはと思った人は何人もいたが、少し経つと決まって「ようやく東京に戻れるんです」と嬉《うれ》しそうに報告にやってくる。

きっと先生も、何年かしたらこの土地から去って行ってしまう。親切にしたら親切にしただけ、お別れするときに寂しくなってしまうだろうに。なのに、母はあんなに先生と親しくして大丈夫なのだろうか。

◆◆◆

「加賀先生にかんぱ〜い」

日曜。ご近所の奥様方の主催で先生の歓迎会が行われた。先生はふたつ返事でOKしたそうだ。おまけに、「楽しみです」と目を輝かせていたらしい。それは本心なのだろうか。気遣って無理していないだろうか。

会場は近所のお屋敷《やしき》の一角。田舎《いなか》特有の広い畳部屋で、ご近所の人たちを呼んで宴会を開くのだ。田舎者は宴会が好きだ。たまたま松川荘《うち》にお客さんがいないので、皆川家も祖母、父、母、私と現在いるフルメンバーで参加をした。

「あの若造……あいつはダメだ」

主役である先生がやってくる前。

腕を組んで語るのは父。皆川謙三《けんぞう》。漁師をしており、民宿の台所も手伝ってくれる。私も腕を組んで黙っていた。父の意見は否定も肯定もできない。悪い人ではないかもしれないが、いつも浮かべているヘラヘラとした笑顔を見ると、複雑な気持ちになってしまうのだ。

「それがさ〜。先生はちょっと違うんだって」

きつい訛《なま》りで父の肩を叩いたのは、母の幸《さち》。近所のスーパーのパートで収入を得ながら、やはり民宿を手伝っている。その言葉に、父は体も心もピクリとも動かさない。

「まーだろくすっぽしゃべってねえくせに。おめぇら少し柔らかく考えろ」

と私たちに語るのは祖母のしん。言わずと知れた、松川荘《うち》の女将だ。

「お義母《かあ》さん、いいこと言った！　先生はすごーく真面目な人なんだから」

母が言いきったところで、主に奥様方の激しい拍手が巻き起こる。主役《先生》の登場のようだ。

「どうもどうも」

先生はあまりの熱烈な歓迎っぷりに、少し照れたように腰を曲げてペコペコしている。イケメンじゃなければただのヘタレの青年みたいだ。なのに、周りは彼をちやほやする。いつも笑っているからなのだろうか。おもしろくない私と父をよそに、加賀先生による乾杯の挨拶があり、宴会が始まった。先生のまわりは常に人だかりで、料理も酒もどんどん運ばれてくる。

「おいしいです、これも、これも」

次々と出された料理を平らげ、お酌《しゃく》されたら酒を呑《の》む。そんなペースで飲んだらすぐに酔っぱらってしまうだろう。みんなの迷惑になって、嫌われてしまわないといいのだが……と心配していたが、少しも酔う気配がない。先に、周囲のおじさんたちが潰《つぶ》れ始めている。

「……ちょっと見てくる」

そう言って重い腰を上げたのは父だった。彼は先生の前にどっしりと腰掛けると、徳《とっ》利《くり》を傾けてお酌を始めた。

「どうぞどうぞ」

先生もお酌を返し、小さなコップを合わせてそれを傾ける。

「おいしいお酒ですね。どこの酒造ですか？」

「『月《つき》の井《い》』だ」

「ああ、このあたりでよく見かけますね」

「大洗の酒造だ。そんなことも知んねえのか」

父のジャブ。もしかしたら、先生は笑顔をやめて眉をひそめるかも……。なぜか意地悪な期待をし、私はこぶしを握る力が強くなる。しかし、すぐに奥様方から非難の声が上がった。

「ちょっと皆川さん！　加賀先生をいじめないでよ」

「あんたあ！　先生に失礼なこと言わないで！　帰ったらただじゃおかないからね」

奥様方の中でもひときわ怒っているのはうちの母だ。いつも機嫌よくおしゃべりをする彼女が、怒っているのを見るのは久しぶりだ。

「ああ、大丈夫ですから、全然！」

先生は慌てて奥様方をなだめてから、父に向きなおる。

「地元のお酒なんですね〜。キリリとしてるのにフルーティで。本当においしいですよね。飲みやすいからいくらでもいけそうです」

と、先生はまったく気にしていない様子で、またひと口酒を飲む。

「あたりめえだ。蔵元のこだわりが詰まってんだ」

月の井酒造は代が替わって間もないが、新しくておいしい商品を次々と送り出している。伝統と新しさを兼ね備える酒造なのだ。

「そうなんですね〜。今度行ってみますね」

「お、おう」

「あ、皆川さん。おかわりどうぞ」

先生は父のグラスが空《あ》いているのに気づき、すかさずおかわりを注ぐ。この流れ、まさか、あの酒にめっぽう強い父が相手のペースに巻きこまれている？

そして三十分後。父は気持ちよさそうに酔っぱらい、母に支えられながら席に戻ってきた。先生はぴんぴんしたままだ。

「涼子」

真っ赤になった父が、金剛力士像にそっくりのおっかない顔を緩めてこう言った。

「あいつは悪いヤツじゃねえ」

「うん……」

こうして父は、あっさりと懐柔されてしまったのだった。

「涼子、自分ができねぇことができっからって、先生に焼き餅焼いてんでねぇ」

祖母は私の肩を叩く。この人はきっと、私の頑《かたく》なな気持ちの正体もお見通しなのだろう。

みんなに囲まれながら、加賀先生はヘラヘラと笑っていた。

「加賀先生、いいんでねぇか？　ばっぱは気に入ったよ」

宴会の帰り道、祖母は満足気だった。その発言に父は頷き、母は「でしょー」と便乗する。

「そうかな……」

自分がおかしいことはわかっているのだが、それでも、自分が言えないことや、やろうとしてもできないことを平然と実行できてしまう先生を見ると、複雑な気持ちになってしまう。

「大洗や茨城を好きになろうとしてっからな。町ん中で生きてこうって気持ちがある」

祖母の言葉で胃がずしんと重たくなる。

「……こんななんもない町、好きになるわけないよ」

私のこの言葉はそれこそ八つ当たりのようだったと思う。自分で自分が嫌になるが、私はこの町の何がよいところなのか、答えを見つけ出せないでいる。好きは好きだけど、自分が生まれた場所だからだ。この地でずっと生きてきて、なんとなく好きなのだ。理由なんてない。

茨城県が魅力度ランキング最下位の都道府県である以上、「生まれたところだからよいに決まっている」とも開き直れない。そんなことを言うのは、人の意見を聞かずに意地を張っているだけのようで恥ずかしい。

「そう思ってんならおめぇは東京さ行け。あっちでレストランさ開け。松川荘はばっぱの代で潰すから」

祖母はなんてことのないように言った。私は胃をギリギリと絞られて潰れてしまいそうな思いで、やるせない。それでも、黙ることしかできなかった。

今まで、ずっとそうだった。私は民宿を継ぎたいという思いを伝えられないままで、祖母はいつも私に地元以外の場所でレストランを開くことを勧めてくる。そして最近祖母は、民宿を閉めようかという話をしきりに語るようになった。きっと、残り時間は少ない。自分の思いを祖母に伝えられないまま、松川荘はなくなってしまうのだろうか。

私がもっと明るい性格なら、そしてコミュ障じゃなかったなら、こんなことにはなっていなかったんだろう。後悔と自己嫌悪ばかりが募っていく。

◆◆◆

いつもニコニコと笑顔で穏やかな性格、しかも空前のもてなされ上手。加賀先生は、あっという間に大洗の町に溶けこんでいった。今では皆川家どころか町で彼を快く思っていないのは私だけのようだ。

『お姉ちゃん、いい加減、素直になれば～？』

電話の向こうで妹の美沙《みさ》が呆《あき》れた声を上げる。彼女は「大洗みたいな田舎、大っ嫌い！」と断言し、今は東京に住んで向こうの大学に通っている。明るくて社交的で、要領がいい。私と正反対の性格だ。

「素直って何」

『本当は先生のこと、羨《うらや》ましいんじゃないの～？』

美沙はときどき、とてつもなく鋭いことを言うのだ。さすが、祖母の血を引いている。私も引いているはずなのだが……。

「羨ましくなんて……」

と言いかけて、続きを言うのはやめにした。そうだ。私は先生が羨ましいのだ。あんなに簡単にニコニコできるなんて。楽しいときに楽しい、嬉しいときに嬉しいと笑えるあの人が羨ましいのだ。

『お姉ちゃん、大丈夫？　何か落ちこんでるの？』

妹が妙にやさしくなる。ありがたいけど、それ以上に情けなくもあって、上手く言葉にならない。

「……切るね」

こういうときはあの場所に行くのに限るのだ。

大洗公園まで走ってきてしまった。大洗公園は、高台から海を臨むことができ、視界いっぱいに水平線が広がる。海を臨むフェンスの側のベンチに座って、夏の潮風に髪を揺らした。

「おじいちゃん……ごめんね。私が継ぐことができないせいで松川荘、なくなっちゃうかも……」

リュックから手帳を取り出し、古い写真を取り出す。今は亡き祖父の撮った、松川荘の写真だ。

八畳ほどの畳部屋で、焦げ茶色の木製の座卓を年代物の座布団が囲んでいる。かたわらにはヤカンをのせた、これまた年代物の石油ストーブが赤い炎を揺らして部屋を暖めている。朝陽が差しこむ大きな窓の前には、お客さんが方々《ほうぼう》で買ってきてくれたお土産の品が飾られており、松川荘がみんなの集まる「家」であることが強調されていた。

そして、温かい松川荘を背景に、大勢のお客さんたちが笑顔で写っている。おじいちゃんっ子だった私の宝物だ。たくさんの人に訪れてもらい、こんなふうに笑ってほしくて、いつか民宿を継ぎたいと夢見ていたけれど、今の私は全然ダメなままだ。

幼少期の私は、泣かない子だと言われていた。

何があってもぐっとこぶしを握って堪《こら》え、何を言われても相手を睨《にら》み返すような子。周囲にはそう思われていた。

だけど、本当はそうじゃなくて。泣きたくなったらいつも祖父の部屋に逃げこんでいた。悔しくて悔しくてしょうがないとき、どうしようもなく傷ついたとき、いつも祖父は私を黙って迎え入れ、細く痩せた膝の上に導いてやさしく頭を撫《な》でてくれた。

人前ではいくらでも泣くのを我慢できた私が、なぜか祖父に頭を撫でられると涙が止まらなくなったのだ。

祖父はいつも笑顔で、穏やかでとてもやさしい人だった。大洗の町を写真に撮るのが好きで、私はその写真が大好きだった。

写真のお客さんたちの楽しそうな顔は、幼い私の手伝いの賜物《たまもの》でもあると言ってくれた。それがとても誇らしくって。祖父が、「ばあちゃんのおもてなしはすごいんだ」と自慢げに言っているのを聞くと、嬉しくてたまらなかった。

だから、継ぎたいと思っていた。ずっと、ずっと。祖父にも、「涼子のおもてなしはばあちゃんにも負けないぞ」って自慢してほしかった。

けれど、私は今や、上手く笑うことすらできない。民宿は接客業なのに、高校生のころから笑えなくなってしまった。楽しいときも、嬉しいときも、悲しいときだって表情は変わらない。私は無表情でいるか、怒ることしかできない。こんな状態では、民宿を継ぐことなんて難しいに決まっている。

そのとき、携帯電話が鳴った。折り畳み式のそれをコンパクトのように開くと、祖母からだ。

「涼子、急なお客さんだ。すぐ帰ってこい」

「わかった」

めったにないが、民宿組合からの紹介などで、急に予約が入ることがあるのだ。

私は慌てて支度して走り出した。

◆◆◆

その夜、お客さんの夕食を終えたころ、スケジュールを確認しようとリュックの中を見て、手帳がないことに気づいた。さっき座っていたベンチに忘れたのだろう。私は歩いて大洗公園に向かった。

夏とはいえ、この時間になれば真っ暗だ。危ないかもしれないが、あの手帳に挟んだ写真は私の宝物だ。

「……ない」

しかし、私が座っていたベンチに手帳は見当たらなかった。

意気消沈して帰路についたのだが、背後の様子がおかしい。後ろからぴったりと私の歩調に合わせた足音が聞こえる。怖くなって振り返る。だが、誰もいない。今度は駆け足が聞こえる。やはり、振り返るとやはり誰もいない。

――誰かに尾行されている？

「まさか」とは思ったが、そうとしか思えない。私は怖くなって、さらに歩くスピードを上げる。

家を知られるのはまずいかもしれない。そう思い、家とは逆方向に逃げた。背後の足音はなおも追ってくる。わずかだが、「はぁはぁ」と怪しい息遣いも聞こえてきて、気味が悪い。私は決心した。立ち止まって振り返り、謎の人物に呼びかける。

「用があるなら受けて立ちます！」

「ぜえ、ぜえ……ひー……ぜえ……はあ、やっと……ふう……」

振り向いた先――。そこには、すっかりバテた例のお医者先生が膝をついていた。

「皆川さん……歩くの早いので……追いかけるの……大変でした……ぜえ、ぜえ」

先生はなかなか整わない息のまま、よろよろと私へ手を伸ばす。

「ひい、ふー……よかった」

いったい何なんだと思ったが、恐るおそる先生の方へ近づいてみた。

「これ、皆川さんのじゃないでしょうか？」

彼が差し出したのは、分厚い手帳だった。どうやら、彼は私にこの手帳を渡すために追いかけてきたようだ。そして察するに、歩くのはあまり早くないようで、追いつくために相当苦戦したらしい。

「ど、どうして私のだってわかったんですか!?」

私は困惑して尋ねたが、先生は答える代わりに息を整えている。

「あ、大丈夫です。落ち着いてからで」

「す、すみません……ぜー、ぜー」

私からすれば、あれぐらい歩いた程度では息なんてちっともあがらないのだが……先生にとってはとてもつらかったらしい。

「ぜえ、ぜえ、なんとなく……です」

そう言って、整わぬ息のまま、彼はへらっと笑ったのだった。

「なんとなく」でこんなになるまで人を追いかけるなんて。この人のよさ――怒ったり、嫉妬してばかりの自分と比べると、虚しくなってしまう。

私はいてもたってもいられず手帳をひったくる。嫌なヤツだ。自己嫌悪がにじみ出る。

「どうして……なんで先生はそうやって、いっつもへらへら笑えるんです」

「皆川さん……」

どうしてそんな心配そうな顔をするんだ。変なヤツだと思えばいいだろう。

「なんで……なんで……そうやって当たり前のように、表情をコロコロ変えられるんですか……」

ずるい。どうしてこんなに人は不平等なんだ。

「私だってあなたみたいに笑いたいんです！　好きでこんな顔してるわけじゃないんです！　笑って、たくさんの人を笑顔にしたいのに……どうして……どうして!!」

言ってしまったら止まらなくなってしまった。悔しい。どうしてこの人は、私にできないことを、当たり前のようにできてしまうんだ。

こんなに悔しいのに、八つ当たりしかできない。この人から離れて、ひっそりと泣くこともできない。私はうずくまり、頭を抱えて唸《うな》ってしまった。

きっと、先生は呆れているはずだ。

「涼子さん」

名前を呼ばれ、恐る恐る手をのけて見上げる。

「さぞ、つらい思いをされたんでしょう」

手を伸ばされる。どうしてそんなにやさしくするんだ。きっと心の中では呆れているはずなのに……。私は戸惑いながら、その手を見つめる。

「涼子さんは、自分を変えたいんですか？」

訊かれて、それに応えるように、「変えたい」と心が叫んだ。私は、自分を変えたい。笑えない自分を、大洗を「なんにもない田舎」だと言ってしまう自分を変えたい。

「嫌です。こんな自分……もう嫌なんです。民宿を継ぎたいのに。愛相よく笑うこともできなくって、怒るばかりで。これじゃあお客さんとお話しできない……。きっと、民宿を継がせてもらえない。この町にもっと人をたくさん呼びたいのに——それもできない。何をすればいいかわからない。変わりたいのに何もできてない……」

なぜ、この人にこんなことを話しているんだ。自分の中のぐちゃぐちゃとしたものを吐き出すのを止められない。

変えたいものがたくさんある。課題は山積みなのだ。それなのに上手い解決法は見当たらず、問題に埋もれていくばかりで、いつしか息をするのが苦しくなっていた。

「変われますよ」

その言葉が、すうっと胸に染みこんでいく。

もう一度、改めて手が差し伸べられる。白くてすらっとした男の人の手だった。

私は顔を上げて、今度はその手を取り、立ち上がる。

「一緒に、小さなことから始めませんか？　たとえば――」

◆◆◆

漁協でのアルバイトを終えた私は、診療所へと向かうため、磯前神社の坂を駆け上がっていた。

民宿のお客さんがいない日は、漁協直営の定食屋で厨房のバイトをしているのだ。魚を捌いたり、盛り付けの手伝いをしたり、そのときどきで人手の足りない場所を手伝う感じだ。こんな生活も長いため、この町の食堂系ならば、どこの現場に入っても、だいたいの仕事はこなすことができる。

先生の診療所は磯前神社の坂を上り、道路の上にかかる赤い橋を渡った向こうにある。高台に位置する診療所からは、住宅の隙間からキラキラと顔をのぞかせる海が見える。

毎週水曜、午後三時。それが加賀先生と決めた時間だった。

穏やかな潮の音を背景に、診療所に入る。扉の前に貼られた紙には、マジックペンで書かれた「大洗おもてなし会議」の文字。先生が、「テーマを作れば人が集まるかも」と言い出して、「それなら、おもてなしがいいです」と私が言ったことにより、この会の名前が決まったが、結局私たち以外に参加者なんて集まらなかった。

その扉を開けば、潮の香りに混じったコーヒーの香りが漂う。

あの日の夜、先生が手帳を拾ってくれたときのことを思い出す。

「いきなり変わるなんて、すぐには無理です。まずは、足元の小さなことから変えていきませんか？」

あのあと、私は知り合って間もない人に、怒りの感情をむき出しにしてしまった恥ずかしさに、猛烈に戸惑っていた。先生はそれを知ってか知らずか、なんともないように笑っていたが。

「……小さな、こと」

「そうです。小さなことから変えていけばいいんです。たとえば」

そう言って加賀先生は、足元に落ちていた空き缶を拾い上げた。

「これだって、町を変えたことになりませんか？」

へらりと笑う加賀先生の言葉を聞いたあのとき。私は、ずっと閉じこもっていた自分の殻の中へと、一筋の光が差すのを確かに感じたのだった。


「涼子さん。こんにちは。今日もよろしくお願いします」

「先生、始める前に、聞いてもいいですか？」

「はい、何でしょう」

「先生はこの町が好きですか？」

私はぎゅっとこぶしを握りその答えを待つ。先生は真剣な表情でこう答える。

「好きです。そして特別な町です」

それを聞いて私は、普段とは違う彼の表情に、はからずもドキッとしてしまった。

そして先生がコーヒーのカップをコトンと机に置くと、ふたりきりの会議《ミーティング》が始まる。

足元の小さなことを変えていくための、ふたりきりだけど真剣な話し合いが。

議題1　挨拶をしない移住者について

加賀先生は、慣れた手つきでコーヒー豆をミルで挽《ひ》いていく。粉となった豆は、フィルターをつけたドリッパーに移し、コーヒーポットではなく急須《きゅうす》でちょぼちょぼとお湯を注ぐ。粉がふつふつと膨らむのを待ち、円を描くようにお湯を細く注いでいく。時間をかけてお湯を注ぎ終わるころには、小さく清潔な窓ぎわの部屋はコーヒーの香りに満ちていた。

「はい、涼子さん」

「ありがとうございます」

診療所の休診日である水曜日の午後三時になると、いつもここでブラックコーヒーをご馳走《ちそう》になる。先生の淹《い》れたコーヒーを飲むと、普段よりも頭がシャキッとして力が湧いてくるのだ。

このコーヒーも、私がお菓子を持参したことにより始まった。可愛げのない態度しか取れないが、これでもあの夜のことは本当に感謝しているのだ。せめてものお返しのつもりだったのだが、先生に仕事をさせる結果になってしまった。ちなみに今日のお菓子はプリンだ。近くにある小美玉《おみたま》市の名産である卵をふんだんに使った自信作。先生がたくさん食べることを見越して、甘さは控えめにしてある。

これが、私と先生の「おもてなし会議」だった。今のところ何かを話し合うというより、お互いをもてなし合うだけの会になってしまっている。


加賀先生は、プリンを口に入れると幸せそうに目を細める。

ミルクと砂糖をたっぷりと入れたカフェオレを飲んで、溶けてしまうのではないかというほど嬉しそうに笑うのだ。そのキラキラ感に、思わず目を逸《そ》らす。その笑顔はズルい。そういう意識はしていないのに、かっこいいと思ってしまう。

「涼子さんのお菓子は本っ当に最高です」

「おだてたって、これ以上量は増やしませんから」

実は、先生のためのお菓子は、毎回かなりの量を作ってきている。あまったものは誰かにあげるのだろうと最初は思っていたが、食べっぷりを見ていて悟った。先生は、ひとりで食べきっている。見た目の細さとは裏腹に、ものすごい食いしん坊なのだ。

「そんな～！　でも、今日もお持ち帰り用が別にあるんですよね？」

先生は目をキラキラと輝かせて私とプリンを見比べている。もしかしたら、私のことをお菓子工場の人だと思っているのかもしれない。

「まったくもう……」

先生に包みを渡すと、プリンの入った箱を目の前に掲げて喜んでいた。その姿は、えさをもらった犬と激しくダブる。先生はスマートな洋犬っぽいな、などと思う。

「やったー。涼子さん、ありがとうございます！」

「はいはい」

「それで、今日はどうしましょうか」

「それなんですが……」

と、いうところで、私は腕を組んで眉間の皺《しわ》を揉《も》む。それだけならいいが、癖で口をへの字にして睨んでしまう。妹にはいつも「カンジが悪い」と非難されていた。またやってしまったと内心反省して口元を緩めようとするのだが、「カンジのいい」笑顔にはほど遠い微妙な表情になるだけらしい。

毎週、一週間を使って話し合う内容を考えているが、議題はなかなか見つからない。

これが私の目下の悩みだった。

私だけでどうにかできそうな問題は、すぐに行動して解決してしまう。加賀先生の手を借りる必要もない。だが、私が悩み続けている問題は、大きすぎて先生の力を借りるぐらいではどうすることもできない。不愛相なコミュ障のくせに、祖母の民宿を継いで人をたくさん呼びたいだなんてどうしようもない。

そんなわけで、目下、私たちには話し合うためのちょうどいい問題がない。

平和なことは嬉しいはずなのだが、あんな恥ずかしい悩みを打ち明けてこの会を設けることにした以上、私の気持ちはなかなか複雑だ。

「どうしました？」

加賀先生はへらりと笑ったまま、首を傾《かし》げた。ぽくぽくと湯気の出るコーヒーカップを持っていると、癒やしオーラが増す気がする。

「自分を変えるどころか、どうするかも決められない、なんて」

悩みあぐねて出た言葉がこれだ。私はすぐに後悔した。わざわざ時間を作ってくれている加賀先生に対して、我ながら失礼にもほどがある。

加賀先生は一瞬目を丸くすると、不思議そうに首を傾げた。

「あ、別に怒ってるわけじゃないです。私のせいですし」

自分をフォローしようとして、余計に棘《とげ》のある言い方になってしまい、肩を落とす。

子どものころから、何気なく意見を口にするたびに「どうして怒ってるの？」と尋ねられてきたので、すっかり自分の意見を言うことが苦手になってしまった。

「大丈夫ですよ」

やさしく落ち着いたその声に、緊張が一気に緩むのを感じた。

加賀先生はゆったりとカフェオレをすすると、おいしそうにプリンをひと口食べる。

「涼子さんは、この会を続けたいと思いますか？」

突然の質問の意図が読めずに少し驚いてしまうが、私は黙ってコクリとうなずく。

「それで十分じゃないですか」

と、加賀先生はヘラヘラとした笑顔のまま、カフェオレを口にした。

「僕は、こうして水曜日に新しい習慣ができただけでも、それは立派な変化だと思うんです」

先生ののんびりとした言葉に、私は何も答えられなかった。けれど、不思議なことに、パンパンに膨らんだ真っ黒な風船のようなネガティブな気持ちが、しゅわしゅわと萎《しぼ》んで小さくなっていくのを感じたのだった。

◆◆◆

家に帰ると、漁から帰ってきた父が何やら憤慨していた。大きな体でどすんと胡坐《あぐら》をかき、腕を組んで口をへの字に結んでいる。

父は、怒っていようが怒っていまいが顔が怖い。体も大きく日に焼けていて、熊のようだ。ちなみに私は、その熊のような父にそっくりだとよく言われる。

——加賀先生の前で、私はどんな表情をしていたんだろう。

ニコリともしないだなんて、変だと思われているかもしれない。思い返すと、溜め息が出てしまいそうだった。

「お父さん、帰ったよ」

父にかけるべき言葉が見つからず、私はとりあえず報告だけする。

「ああ」

怖い顔に渋い声で父は短く返事をした。

「どうしたの」

「何も」

私と父の会話は不味《まず》いうどんのようにぶつ切りで終わってしまう。いつもそうだ。口べたと口べたは、特に衝突を起こすこともなく、コミュニケーションを欠いたまま時間だけが過ぎていく。

父が不機嫌の理由を語ったのは、居間のこたつ机を囲んでの夕飯のときだった。祖母と母が父の不機嫌を察し、上手く話を聞きだしたのだ。

「最近越してきたヤツが挨拶しねぇんだ」

「越してきた……若《わけ》えメガネさんけ？」

「そりゃ、アレだっぺよ。オタクってやつ？　メガネかけてるし」

アニメの聖地として、多数のオタクを呼んでいる大洗町だが、特に接客もしない町の年寄りたちは未だに「メガネにリュック」のイメージが抜けていない。今の時代、眼鏡をかけてリュックを持っていてもオタクではない人もいるし、逆にそうじゃなくてもオタクの人だっているのだが、年寄りの偏見というものは簡単には消えない。

「アイツ、いつも下さ向いて。ぼそぼそしゃべっから何言ってっかわかんねーよ」

「そーけそーけ」

「いつもびくびくしやがって。きっとなんか隠してんだっぺ」

どうやら、父が挨拶を返されなかったのは一度や二度ではないらしい。

意外にこの父は繊細なのだ。口には出さないが、「自分は他人から怖がられているかもしれない」と不安がっていたりする。やたらと怖がられるのは私も同じだから、気持ちはよくわかる。

せっかく大洗に若い人が移住してきてくれたのだから、本当は上手くやっていきたい。できれば、ずっと住み続けてほしい。そうは思うけど、私が声をかけても、やっぱりその人を怖がらせてしまうだろうか。

「まーまー、そういうのは今どきの若者だんべ」

「私《あだし》も付き合うから。今日は飲むべ」

明るく聞き上手な母と祖母のことが、私は羨ましい。そして、社交的で東京でたくさん友達を作っているらしい妹の美沙のことも。特に建設的なことを言えない私は立つ瀬がなく、黙ってごはんを口に運ぶことしかできない。

「なるほど～、そんな人が」

「まあ、田舎にはよくある話だと思いますが」

翌日、海辺の道を加賀先生と歩きながら、昨夜のことを打ち明けた。商店街で買い物をしていたら、大通りの近くにあるパン屋さんでラスクを買うか悩んでいる加賀先生を発見したのだ。そうやってまた甘い物を大量に食べて。これが医者の不養生というやつなのか、血糖値は大丈夫なんだろうか。

「そうですね……」

加賀先生は何か気になることがあるようで、あごに手を当てて考えている。

「よければ今度、その人を見つけたら、僕のところに連れてきてくれませんか？」

「どうしてです？」

「ええ、ちょっと気になることがあって」

この日、加賀先生は詳しい説明をしないままだった。

引っ越してきた者同士でわかり合えることがあるのだろうか。それとも、何かほかに気になる要素でもあったのか？　なんだか気になる。

◆◆◆

その週の土曜の昼過ぎ、私は件《くだん》の男の人を道端で発見した。

チェックのシャツを着て、年齢は三十代の中ごろぐらいか。確かに眼鏡をかけていて、インドア派っぽい印象を受ける。

軽く頭を下げてみたが、向こうはそれに返さない。というより、元気がないように見えた。

「どうかしました？」

「えっ、そのっあっ……ひえっ!!」

男の人は私の顔を見るなりみるみる青ざめ、しまいにはどすんと尻もちをついてしまった。

私の顔がそんなに怖いのか。ショックだったが、なるべく顔に出さないよう心掛けて咳ばらいをする。しかし、眉間に皺がみるみる寄っていき、自分でも怖い顔になっていくのがわかった。

「ひっ」

悲鳴をあげられるのは不本意だが、それはそれとして、見れば見るほど顔色が悪い。こんなの、先生の言葉がなくても放っておくわけにはいかない。

「体調が悪いんですか？　お医者さんに行きましょう」

我ながら唐突である。だが、加賀先生からのミッションだ。先生だって何か考えがあるに違いない。

「え？　その……」

「行きましょう」

「ちょっ……待って、なんで!?」

男の人は顔を真っ青にして怯《おび》えていたが、私は半ば強引にその人を引きずって歩き出した。

診療所は診察時間が終わっていて、もぬけの殻だった。

私は盛大に溜め息をついて、頭の中に町のマップを広げておいしい店をいくつかピックアップする。時間帯的に食堂とレストランはない。カフェか惣菜屋あたりだろう。

加賀先生は、あっという間に見つかった。発見したのは大洗の中心、曲《ま》がり松《まつ》商店街の和菓子屋さんの前だ。「みつだんご」の張り紙の前でメガネの奥の瞳をキラキラとさせながら指を折って何かを数えている。

「ふたつ……いえ、みっつ……五つだとちょっと多いかな？」

「先生」

「いや、五つくらい……でもそしたら六つ、いや、七つ……ああ！　七つはさすがに……」

「先生!!!」

「わあ、びっくりした！」

強めに先生の肩を叩くと、本当に気づいていなかったのか、加賀先生は飛び上がるほど驚いていた。みつだんごをいくつ買うかで他人の声が聞こえなくなるほど悩む大人がいるなんて。どこまで食い意地が張っているのだ、この人は。

「ああ、涼子さん。ええと、そっちの方は？」

「えっと、その、小野《おの》……です」

小野さんというのか。名前すら聞いていなかった。話しかけようとするたびに驚かれたり怖がられたりするのだ。上手くコミュニケーションがとれるわけがない。

「はじめまして、僕は加賀です。磯前神社のところの診療所で医者をしている者です」

加賀先生は丁寧にお辞儀をすると、「どうしました？」と首を傾げる。

「この方が例の……」

「ああ、なるほどなるほど……。小野さん、大丈夫ですか？　熱はありますか？」

小野さんは蚊の鳴くような小さな声で「いえ」とだけ言った。注意して聞かないと気づけないようなボリュームだ。これでは父に挨拶をしていないと思われてしまうのも仕方ない。

「おなかは痛くありませんか？　寒気は？」

先生の質問に、彼は落ち着かない様子で首を左右に振る。

よく見ると、眼鏡の向こうの小野さんの目の下には濃いクマが浮かんでいる。唇も紫に近い色をしていた。

もしかして、この人は加賀先生の質問に嘘《うそ》をついて、重大な病気を隠しているのではないだろうか。

一瞬そう疑ってしまったが、加賀先生はいつものようにヘラリと笑い、

「それじゃあ、診療所でお茶でもしませんか？」

そんなことを提案したのだ。

◆◆◆

もう、七月も終わり。澄んだ青空に、入道雲がもくもくと輝く海に湧いている。雲はぐんと大きく広がっていた。

加賀先生が熱心に育てている向日葵の花が咲いた庭に案内された。木陰に木製の折り畳みテーブルを広げ、小野さんと一緒に座る。高台に位置する診療所の庭からは海が見える。晴れているせいか、ここから見える海はキラキラしてとても綺麗だ。蝉《せみ》の声が聞こえるが、海が見えるせいか涼しく感じる。

「今日はハーブティーにしましょうか」

そう言って、加賀先生は急須に手際よく茶葉を入れる。やはりというか、ハーブティー

にも急須を使うようだ。

コーヒーじゃないのか、と不思議に思った。加賀先生がいつもいれてくれるコーヒーは、お店のものに負けないくらいおいしいのに。

テーブルの真ん中には、先程買ったばかりのみつだんごが置かれていた。

「あ、あの……僕もいただいてしまってよろしいんですか？」

恐るおそる小野さんは聞くが、加賀先生は笑顔で「もちろん」とうなずく。私も「先生もそうおっしゃっているので、ぜひ」と念を入れて頷いた。小野さんはそんな私を見て「ひっ」と肩を縮める。

「怖がらないでくれますか？　怒ってるわけじゃないんですけど」

「す、すみません」

私の声は、自分でも低すぎるし、抑揚に欠けていると思う。怖がるなと言うのも無理な話だが、鬼でも見たみたいに怯えられると、私もいい気分はしない。

「まあまあ、そろそろお茶も飲みごろですし、ふたりとも座ってくださいな」

椅子を引く加賀先生のヘラヘラ顔が今は仏のように見える。

私はお言葉に甘えて、先生のハーブティーとみつだんごを楽しむことにした。

みつだんごは大洗の代表的な甘味だ。米ではなく小麦を使ったおだんごで、みたらしときな粉がたっぷり掛かっている。甘めのみたらし味に、きちんと醤油《しょうゆ》の香りがする。口あたりは、普通のおだんごよりも軽く、やわらかく口の中に消えていく。

甘みが強いので、渋めのハーブティーにもとても合う。

小野さんは黙々と食べていたが、やがて小さく口を開いた。

「……おいしいですね、これ」

「ですよね。僕もこれが大好きで」

加賀先生はぱっくんとみつだんごを口に入れて噛《か》みしめている。本当に幸せそうだ。

「おやつをおいしく感じたのは、久しぶりです」

小野さんは少し寂しそうに言った。心なしか唇の血色がよくなったように感じる。よかったと安心したところで、私は自分の仕事を思い出した。

「あっ！　私、そろそろ戻ります」

腕時計を見て、背に冷や汗が浮かんだ。もうすっかり夕方だ。民宿の仕事に戻らなくては。

「はい。お仕事頑張ってください」

加賀先生はいつもの笑顔だ。小野さんを見ると、彼はまだ少し居心地悪そうに、でも確かに頭を下げていた。

「がんばって……ください」

なんだ。声は小さいが、やはり普通に挨拶のできる人じゃないか。

そう思ったが、口に出す余裕はない。小さく頭を下げて背中を向け走り出した。

◆◆◆

月曜の夜。加賀先生が松川荘《うち》にやってきた。

父に晩酌に呼ばれたらしいのだが、何やら私にも用があるという。

「なんですか、こんな時間に」

やっぱり議題がないし会議を中止にしますとかそういう類《たぐ》いの話だろうか。私は恐るおそる先生の表情を窺《うかが》う。先生はいつものヘラヘラ顔で、何が言いたいか、さっぱり予想することができない。

「いえ、小野さんのことなのですが……」

安堵《あんど》で肩の力がガクリと抜けた。

「どうしたんです？　涼子さん」

「いえ、別に」

何も思っていないふりを必死に貫いた。勘違いとはいえ、安心したのを悟られるのはなぜかとても恥ずかしい。

「松川荘さんって、ランチのサービスはされていますか？」

「一応。私の趣味みたいなやつですけど」

「でしたら、小野さんに来てもらってもいいでしょうか？」

「え？　もちろん、こっちは歓迎ですけど」

松川荘では、細々とランチ食堂のようなこともしていて、これは基本的に私に任せてもらっている。と言っても、お客さんは父や母の知り合いや、例の元ヤンの後輩たちばかりだ。なので、私のぶっきらぼうな接客でもどうにかなる。

ランチの営業は、接客に悩む私の気持ちを知る母が、祖母を説得してくれて始めることができたものだ。祖母も、私の料理の腕は買ってくれていて、いいだろうと首を縦に振った。私が自分の力で始めることができたわけではないけれど、私にとってはいつもの手伝いとは違い、自分が主体になって考える機会の多い、大事な仕事になっている。

ランチは火曜、木曜、金曜の週三日だけの営業で、ちゃんとしたメニューがあるわけではなく、日替わりで旬の和食を出している。そのことを伝えても、加賀先生は「かまわない」と言う。

大洗にはこういった感じで、固定のメニューよりも、その日に仕入れた旬の食材で作る限定メニューの方が充実しているような、季節感を大切にするお店も多い。

「ただ、ひとつ……僕のリストアップした食材を使ってお昼を作ってほしいんです」

そう言って先生は、食材を列挙したメモを差し出してきた。リストにあるのは、アジやサバなどの青魚、そして納豆だ。そのあたりは頼まれなくてもメニューに入れている。

なにせここは海の町、大洗。魚に困ることはまずありえない。納豆については、天下の水戸《みと》が目と鼻の先にある。おいしい納豆も、その仕入れ先もよく知っているつもりだ。

「まあ、問題はないです」

「ありがとうございます！　助かりました」

「こちらこそ。お客さんの紹介はありがたいです」

そっけない感じになってしまったが、めいっぱいの感謝の言葉を絞り出す。私としては、ランチに通ってくれるお客さんを紹介してもらえるのは願ったりかなったりだ。表情では上手く伝えられないかもしれないが、せめてもと、加賀先生にぺこりと頭を下げた。

翌日の火曜から、小野さんは松川荘《うち》のランチにやってきた。

「ごはん、大盛りにできますけど」

「す、少なめでお願いします」

私が聞くと、小野さんは一度肩をびくんとさせ、おどおどとしながらも答える。

「わかりました」

「ま、待ってください……」

「なんでしょう」

小野さんはきょろきょろと落ち着かない様子で言う。

「すいません！　ほかの……お料理も……全体的に少なめで……」

声は尻すぼまりに小さくなっていくが、言っている内容は普通のことだ。なにも、びくびくしながら言うことではない。ごはんを残さないための注文なのだろうし、好感すらもてる。

私は「わかりました」とうなずいた。その答えに、小野さんはぎゅっと縮こまる。たかがランチ営業でも、コミュ障である私の接客技術は絶望的なのだった。

その日のランチメニューはサバの味噌煮に葉物野菜のおひたし、お漬物、夜に使う魚のあらを使ったあら汁《じる》と、いたって普通のメニューだった。納豆は次回にとっておくつもりだ。

小野さんは満腹になったらしく苦しそうにしていたが、全部食べてくれた。どうやら本当に小食らしい。

「あのっ……おいしいですね、味噌煮。食べたらとろとろでびっくりしました」

食後の玄米茶をすすり、小野さんが下を向きながら呟《つぶや》いた。この間のお茶会同様、少し顔色がよくなっている。

「ありがとうございます」

「コンビニのお惣菜《そうざい》とかより味が薄いのもありがたいです」

味付けは、不必要に味を濃くしないために、ショウガを利かせている。サバの味噌煮は試行錯誤の末に作り出した味なので、褒められるのは悪い気はしなかった。

「いつも出来合いのお惣菜やインスタントなので、特に手作りの和食は嬉しいんです」

なるほど。小野さんはひとり暮らしみたいだし、そういうものなのか。加賀先生がここを紹介したのはそういうことだったのか。栄養失調のようなものなのかもしれない。だが、先生に渡されたあの食材リストはいったい何なのだろう。

謎は残ったままだが、次は納豆を出してみよう。

こうして、小野さんは松川荘《うち》のランチの常連となった。

ある日、食後のお茶を運んで行ったら、小野さんはいつの間にか元ヤン三人組に何やら絡まれていた。三人の中には、加賀先生が大亀さんに乗ろうとしているのを発見する前に道端で会った後輩の石崎もいる。私は慌てて声を上げた。

「ちょっとあんたたち、小野さんのことイジメてんじゃないよ！」

元ヤンたちは、中身はともかく見た目は未だにイキがっていてとても怖いのだ。私を怖がっていた小野さんなら、きっととても心細い思いをしているに違いない。

「あ、涼子さん」

だが、予想に反して小野さんは平然としていた。不思議そうに顔を上げて目をしばたいている。

「何言ってんすか姐さん、そうやって俺たちを差別して。ひっでえなあ。なー、小野ちゃん」

「あはは」

小野さんは困ったように笑っている。怖がっているというよりも、「何と説明すれば角が立たないか」と考えているような様子だった。どうやら本当に、元ヤンたちに怯えていたわけではないらしい。

「小野ちゃん、すげーんすよ。この辺の店とかにちょー詳しいんす」

「……そうなんですか？　すごい」

小野さんの意外な特技に、私は思わず尊敬の眼差しを向けてしまった。まだ大洗に来て日も浅いのに。てっきり外出の苦手なインドア派だと思っていた。

「これからは、彼女とのデートに困ったら小野ちゃんに聞けばばっちりっすよ」

「子どもと出かけるスポットもいろいろ教えてもらったんす」

元ヤンたちが次々に褒めちぎり、小野さんは困ったように笑い頭をかいていた。

「僕、とにかく建物が好きなんです。よい建物を見つけるのが大好きで」

そう話す小野さんの顔は以前と比べて、少しずつ明るくなってきている。

そうこうするうちに、日にひとり、ふたりではあるが、ランチのお客さんが増えていった。皆、松川荘の前に立てた小さな黒板を見てやってきた、地元の人だ。小野さんが通ってくれることで、入りやすいイメージが生まれたのだろうか。お客さんが増えても、皆、無表情な私にやさしく、それがとてもありがたかった。

ランチを利用するお客さんが増えたことは、ほんの少しでも民宿の経営に貢献できた気がして嬉しかった。私は以前にも増して、ランチの仕込みに力を入れるようになっていた。

「今日はごはんどうします？」

「普通盛りで……お願いします」

一ヶ月ほど経った八月の末、小野さんにはっきりと変化が表れてきた。ぺこりと頭を下げた彼は、はじめて会ったころよりも随分顔色がよい。それに、食べる量も増えた。少し前にはサラダやおひたしなどの副菜を普通盛りにしてくれと言われ、今日はついに、ごはんを含めたすべてが普通盛りだ。

きっと、以前はひとり暮らしで不摂生をしていたのだろう。だけど、外にランチに行く習慣ができたぐらいで、食べる量まで変わるものなのだろうか。謎は深まるばかりだ。

「あんら、小野さん。いつもありがとねえ」

午前中のパートから帰ってきた母が、定食の残りを食べようと食堂に顔を出し、小野さんを見つけて挨拶をする。

「こんにちは。今日もごちそうさまです。涼子さんのごはん、本当においしくて」

小野さんの変化は顔色と食欲だけではない。以前とはうって変わって挨拶や会話を積極的にするようになったのだ。以前は蚊の鳴くようだった声が、今は普通のボリュームだ。ランチのほかの常連さんやうちの家族にも、会えば必ず挨拶をしている。父も以前のように小野さんのことで愚痴を言わなくなった。

「嬉しい。あの子にお料理教えたの、私なんだよ。私の作ったのもうめえんだから」

ふたりはすっかりおしゃべりが弾んでいる。今の小野さんの会話力は、私なんかよりもずっと上なのだった。


「涼子さん、ちょっといいですか？」

ランチ営業を終えて閉店の準備を始めようとしたところで、小野さんが何かを言いたそうに寄ってきた。ランチに来た年寄りからもらった品々を手にしている。

「どうしたんですか？」

私は小野さんの前に腰掛けて、彼が話してくれるのを待つ。

「実は……僕、うつ病だったんです」

「え？」

「でも、お医者さんにかなりよくなってきたって言われて……涼子さんの力が大きかったと思います。それで、お礼を言いたくて。本当にありがとうございます！」

そう言って、小野さんは深々と頭を下げた。私はどう返答していいかわからずに動揺してしまった。

「その……なんて言えばいいか。……すみません、言いにくいことを」

「あはは、いいんです。お気遣いありがとうございます」

小野さんはあっさりと言うが、私は驚きを隠せなかった。

確かに顔色が悪くてつらそうにしていた。加賀先生に熱の有無やおなかが痛くないかと訊かれて「違う」と言っていたが……どう見ても苦しそうだったのは、そういうことだったのか。

「東京で勤めてたころ、仕事が大変で……」

小野さんは、元々は建築士として、第一線でバリバリ働いていたそうだ。

やがて、上手くいかない仕事に立て続けに直面するようになった。それでも毎日睡眠時間を削って必死にこなし続けていき、あるとき、糸が切れたかのように今までできていたことができなくなってしまったという。

「まさか、自分がうつになるなんて夢にも思ってませんでしたよ」

「でも、どうしてこんな何もないところに移住したんですか……?」

「先に茨城に移住した古い友達の紹介です。彼がたまたまよい物件を見つけてくれまして、こういう建物好きだろって言ってくれて。東京で仕事するのはもう嫌だって思って、仕事を辞めて半ばやけくそに引っ越したんです」

「そうだったんですね」

「僕、ここに来られて本当によかったです」

「そんなそんな、特別な町じゃないけど……」

なんていったって魅力度ワーストワンの茨城県だ。その中の小さな港町なんて、大したことはないだろう。私がそんなようなことをモゴモゴと言うと、小野さんは都道府県魅力度ランキングのことを知らないのか、知っていても気にしていないのか、「そうなんですか？」とピンとこない様子だった。

「この町の人たちは困ってる人にやさしくて……僕には、東京で暮らすよりも合ってます。引っ越さなかったらどうなっていたか……」

「いえ、小野さんにランチを勧めて、うちに連れて来たのは加賀先生です。私たちは別に……」

私はただ、小野さんに怖がられていただけだ。小野さんは穏やかに、でもちょっと苦い笑みを浮かべた。

「涼子さん、ここはすごくいい場所です。涼子さんも、やさしくて素敵な人ですよ。……僕の命を助けてくれたんですから、もっと胸を張ってください」

小野さんを見送り、ランチ営業を完全に終えたあと。母はテーブルで、せっせと絵を織り交ぜながら、ノートに何かを書いていた。

「小野さん、ひとり暮らしでしょ？　自炊できねえとまた体壊しっちゃうから」

どうやら自炊のための簡単レシピをまとめていたらしい。

小野さんの意見は大げさだ。だが、田舎者は、助けてほしいと手を伸ばした人にはもういいというくらいお節介を焼きたがる。いつもなら、私は母に、「そんなお節介して、迷惑なんじゃない？」って言ってしまうところだったけれど。

「……わかった、私も手伝うよ」

小野さんの事情を知っているので、私も力になりたいと、このときは素直に思うことができた。

◆◆◆

「加賀先生は、小野さんがうつ病ってことに気づいていたんですか？」

次の水曜日。私の作ったメロンシャーベットを食べながら紅茶を楽しむ。先生が淹れると紅茶もおいしく感じられる。

「そうですね……涼子さんの話や小野さんの顔色からは、疑いがあると感じた程度でしたが。本人とお話しして、すでに専門医の治療を受けているとのことだったので、僕の方では特別なことはしませんでしたけどね」

そういえば、はじめに先生のところへ小野さんを連れて行ったとき、先生はいつものコーヒーではなく、ハーブティーを出した。思い出して伝えると、

「不安や不眠に効くことがあるので、カモミールティーにしてみたんです。見た感じ、寝不足のようにも見えたので」

交感神経を刺激してしまうコーヒーは、うつにあまりよくない場合があるそうだ。それに、小野さんの目のクマの様子から不眠の気もあったので、なおさらコーヒーのカフェインはよくないと判断したらしい。

「先生、実は、すごいんですね……」

「ちなみに今日の紅茶はメロンに合いそうだったからです」

と、先生は得意気に胸を張る。もっと褒めてほしいようだが、それはすごいと感じられない。

「小野さんが元気になったのは、涼子さんのランチのお陰でもあるんですよ」

「!?」

先生が突然真面目な顔をするので、私は驚いてしまった。

松川荘《うち》のランチに小野さんを受け入れるよう頼んできたのは、決まった時間に食べる、外にランチに行くなど、小野さんに規則正しい生活を送らせるためと、魚類や納豆など、外食でもジャンキーではない栄養バランスの取れた食事をとらせるためだったそうだ。

「小野さんだけじゃなく、知らないうちに涼子さんは、誰かのことを助けてるかもしれないですよ」

「私がですか？」

私が誰かを助けられるだなんて、考えてみたこともなかった。

なんだか胸が温かいのは、紅茶のせいだけではないだろう。それはちょっと照れくさくてむずむずするが、どこか心地よい感覚で。私は少しだけ、頬の力が緩んだ気がした。

そして数週間後の九月半ばのある日——。

「涼子さん、これから木曜のランチは来られなくなっちゃいました」

小野さんは心底残念そうに言う。

「そうですよね。ちょっとさみしいです」

これは本心からの言葉だった。もはや小野さんは松川荘《うち》のランチの常連さんだ。以前のように他人ではないのだ。

「実は――」

小野さんは、今までは失業保険や貯金を切り崩して生活していたそうだが、今度から近所の食堂で週二日の短時間、アルバイトをすることになった。本業の建築関係での復帰ではなく、接客を選んだのは、「まずは人に慣れるところから始めたい」からだそうだ。

「町の人……特に涼子さん一家には本当に助けていただきました」

何を隠そう、このアルバイトを小野さんに紹介したのはあの父だった。母からいろいろと話を聞いていて、何か自分にも助けになることができないかと小野さんに尋ねたそうだ。怖い顔をしているが、本当は他人思いでやさしい人なのだ。

小野さんは、おすそ分けをもらったり、散歩に誘ってもらったりと、ほかにもいろいろと大洗の人たちに助けられているという。

「もっと元気になったら……自分の事務所を作りたいんです。大洗のみんなが必要としてくれる建物を作りたい」

「いいですね、それ」

照れ臭そうに語る小野さんは、すっかり顔色がよくなっていて、なんだか楽しそうで。心から応援したいと思った。

「病気で失ったものは多いかもしれませんが、代わりに新しい人生を手に入れることができました。僕、今が本当に幸せです」

そう言って頬をかく小野さんのことを「よそ者」と呼ぶ人は、この町にはもういない。

「誰が決めたかわからない魅力度ランキングなんて、茨城や大洗には関係ないです。実際に訪れたり住んだりしている人がどう思うかの方がずっとずっと大事なんです」

小野さんの言葉は、すうっと胸に染みこんで、私は目の奥の方がツンと熱くなるのを感じた。

議題2 外国人と「丸くてボーノ」について

間もなく夏が終わるという土曜の夜、加賀先生が松川荘《うち》にやってきた。

「すみません涼子さん。突然なんですが……。明日、ふたり泊めてくれませんか？」

「いいですけど、どうしてです」

加賀先生の知り合いが大洗に来るのだろうか。

「実は海外の友人が東京に来るんですが。どうしても大洗を見たいそうで」

それは確かにこっちに泊まった方が、と私はうなずく。大洗は東京から日帰りできる距離だが、それでも片道二時間以上だ。電車に乗っている時間ばかりが長くて退屈してしまうだろう。

「宿はとったかと聞いたら東京にとったと言われて。慌ててキャンセルしてもらったんです」

「そうしたら、肝心なこっちの宿泊先が見つからなかったと……」

「そうなんです。彼、行き当たりばったりなところがあって」

加賀先生は困ったように腕を組んだ。彼ということは男性か。わりとマイペースな加賀先生にこうまで言わせるだなんて、相手はどれほどヤバい人物なのだろう。ちょっと気にかかるが、ちょうど部屋は空いているし、すぐに祖母に聞いてみよう。

「うち、ベッドないですが大丈夫ですか？」

「たぶん大丈夫ですよ。そのあたりに寝かせておけばいいんです」

「ふたりとも外国の方ですか？」

「ああ、ふたりめは僕です。異国の旅先で何かがあったときのために、僕も一緒に泊まろうかと」

加賀先生はいつもはヘラヘラしているが、いざ困っている人が現れると面倒見がよくなる。相変わらずこれと言った議題が見つからないにも関わらず、私との「おもてなし会議」を続けてくれているのも、先生の人のよさを表していると思う。

「外国のお友達なんて、いったい何繋《つな》がりなんですか？」

「インターネットの語学サークルみたいなので知り合って。僕が日本語を教えたんですが……結構長い付き合いなんです」

出た、インターネット。苦手なもののひとつだ。

最近はSNSとかも登場して、余計にわけがわからない。こんなことでは時代に取り残されてしまうとわかっているのだが……。

「そ、そうなんですね。先生もされるんですね……インターネット」

「？　まあ、しますね……普通に利用するぐらいなら」

加賀先生は不思議そうに首を傾げている。この話題はさっさと切り上げるに限る。

「ところで、どこの国のどんな人なんですか？」

「イタリアです。自由奔放で、とっても食べるのが好きなんです」

「それだけだと、ただの加賀先生なんですけど」

「ええ⁉」

どうやら先生は自覚がなかったらしい。

「なにやら、大洗でどうしても食べたいものを探しているらしくて」

「食べたいもの？　何を探しているんですか？」

その質問に、先生は困ったように笑った。

「僕にはわからなくて。明日、本人に聞いてみましょう」

◆◆◆

大洗駅前のロータリー。私と加賀先生は車中で例の友人を待っていた。

今日は日曜。加賀先生の休診日だ。

私はというと、自分で提案する前に、祖母に「外国の人じゃ看板も読めねぇし、困るだろうから車出してやれ」と命じられてしまった。今日の松川荘《うち》は祖母、両親、私のフルメンバー。人員には余裕があるのだ。

そして、彼が大洗に降り立ったのはお日様が空のてっぺんに昇ったころだった。太陽の光が燦燦《さんさん》と降る中、キラキラとした金髪を光らせ、ひとりの細身の外国人が手を振りながらやってきた。

「彼です」

じゃなかったらどうしようかと思った。私たちは車を出て彼を出迎える。

「トオール！　久しぶりデース」

そう言って、外国人は加賀先生とハグをする。

「アンディは相変わらずですね」

「ええ！　変わりありませーん。トオールはこんなに可愛い女の子と一緒なんて。隅におけないデース！」

アンディと呼ばれた彼は、マンガのセリフのような日本語でまくしたてる。加賀先生の説明によると、本名はアンドレアといって、先生はアンディという愛称で呼んでいるそうだ。

「アンディにもいい人がいるでしょ？」

そうデース！　と彼は胸を張り、私たちに見えるようにTシャツを見せつける。でかでかと戦車がプリントされていることで、私は察した。大洗が舞台となったアニメのテーマは、可愛い女の子と戦車なのだ。なるほど、だからどうしても大洗に来たかったのか。

「僕の恋人は！　画面の中にいマース！」

彼に日本語を教えたのは……私は思いきり先生を見てしまった。きっと今の私は非難がましい顔になってしまっていると思う。

「ち、違いますよ。僕が教えたのは日常会話で、あれは彼が勝手に覚えたんです！」

「そーデース！　トオールは悪くありまセーン！　僕はオタである自分にホコリを持っているのデース！」

アンディは早速カシャカシャとデジタルカメラで駅を撮影していた。駅にもアニメキャラクターのパネルがある。アンディは非常にテンションが高いので、話しかけるのに躊躇《ちゅうちょ》してしまう。

「と、ところでアンディさん。先生から探し物があると聞いたんですが」

「おおぉ!!!!」

シュババと効果音がつきそうなほどの勢いで、アンディがこちらに詰め寄ってくる。そこからはさらに早かった。私の腕を取り、ぐっと顔を近づける。

「僕の探し物！　一緒に見つけてくれマースか!!」

「も、もちろんですが……その、ちょっと近いです」

「おーっと、すみませんデース」

距離の近さに引かれても、アンディはへっちゃらな顔だ。

「それで、アンディさんは何を探しているんでしょう？　この町にあるものですか」

この町は決して特別な町ではない。アンディを満足させるような特別なものがあるか、不安になってしまう。

「ありまーす!!」

アンディは両腕を目いっぱい拡げて、はっきりと宣言する。

「僕のオタ友がお土産にくれたんデース。友達は、僕より先に大洗に来て。僕は悔しくて三日三晩、涙で枕を濡らしたデース」

この人、語彙が無駄に多い。私は加賀先生を見る。先生は今度は無言で目を逸らした。枕を濡らすだなんて、教えたのは先生か。

「泣きはらしたアンディに大洗から帰ってきた彼は、それをくれたのデース！」

なるほど、大洗のお土産だったのか。腑《ふ》に落ちた私の前で、アンディはこれでもかと目を輝かせ、バーン！と腕を広げた。

「丸くてボーーノッ!!」

私と先生は凍りつく。ボーノとは、イタリア語で「おいしい」という意味だが……。

「あ、あの。ほかには？」

「ボーノ、おいしいデース！」

あの無駄に多い語彙はどうなってしまったのだ。

「その、詳しいことは……」

「夢中で食べました。覚えてないデース！」

私は頭が痛くなるのを感じた。先生も「やれやれ」と呆れた様子だ。

「とにかく、お友達が大洗に来たときのお土産ということですね」

「そーです!!　涼子さん、丸くてボーノ！　探してくれるんデース？」

アンディのテンションと深まる謎に困惑しつつ、私は一応うなずいた。この人は、ずっと大洗に来たかった人だ。なんとか、喜んでもらいたい。

「それじゃあ、さっそくお土産屋さんに……」

「ノーーーン!!」

アンディは手で大きくバツ印を作る。

「おなーかが空きましたあ……大洗でたくさん食べるために、昨日から何も食べていないのデース」

いろいろとめちゃくちゃだった。そして、アンディはショルダーバッグを探ると、一冊の雑誌を広げ、私に見せる。

「ここに行きたいデース！」

ドンドンドンとしつこく指で叩かれた場所には、商店街にある喫茶店が載っていた。

「パスタ！　パスタが食べたいのデース！」

アンディはネイティブな発音で何度も「パスタ」と連呼する。イタリア人は普段からパスタばかり食べているイメージだが、大洗まで来てもパスタがいいのか。

「鉄板ナポリタンが名物ですか……じゅるり、おいしそうですね」

加賀先生も雑誌をのぞき込んで眼鏡を光らせた。こっちの食いしん坊も負けていなかった。類は友を呼ぶ。テンションは違えども、やっぱりふたりは似た者同士なのだった。

◆◆◆

曲がり松商店街の一角にある喫茶店。

日曜日ということで、店内は平日より混んでいる。遠くから聖地巡礼にやってきたお客さんも多い。私たちは、少し並んだあとで席に案内された。

アンディは興奮して店内をせわしなく見回している。何やら、この店自体も「聖地」らしい。私も例のアニメは見たが、素早く切り替わるカットの連なりの中にそんなシーンがあったかどうか、記憶は曖昧だ。そう伝えると、「リョーコさん、あと十五回見れば覚えマース！」とのことだった。アンディはいったい、あのアニメを何回見ているのだろうか。

「ふおおお！　リョーコさん、これアニメで見たデース！」

鉄板の上に薄焼き卵に包まれたドーム状の食べ物が載っている。てっぺんから割ると、中からアツアツのナポリタンが顔を出した。

「これーがニッポンのパスタ……和食デースネ！」

パスタが和食⁉　メチャクチャなことを言うアンディを、加賀先生がフォローする。

「涼子さん、ナポリタンは日本人が作ったパスタなんですよ」

「そうなんですか？」

「パスタにケチャーップ、私の国ではナシの考えデース！　我が家でやったら勘当されマース！」

イタリア人的にはそんなにヤバいものなのか。それともアンディの日本語が大げさなのか。悩む私をよそに、アンディは嬉しそうにパスタを巻き取っている。

「うーん、悔しいけどボーノ。和食パスタ、ボーノデース！」

これを和食と言われることにはどうにも抵抗がある。だが、ナポリのパスタとはまったく別物のこれの名前が『ナポリタン』なことには、アンディもきっと抵抗があるのだろう。おあいこだ。

「アンディ、日本のケチャップはおいしいでしょ？」

「ハイ、私の国のと違いまーす。新鮮なトマトに近いデース」

アンディは鉄板ナポリタンをどんどん平らげていく。連れてきた甲斐《かい》がある。

「ごちそうさまデース」

食べ終わったアンディは、きちんと手を合わせてそう言った。

「アンディ、ちゃんとしてるんですね」

「僕が教えたんです」

すかさず加賀先生。もちろん、彼もあっと言う間に鉄板ナポリタンを完食していた。

「リョーコさん、トオール、次はこれがいいデース！」

アンディは、先ほどとは違う雑誌を開いて、再び猛烈にアピールする。顔に雑誌がくっつきそうで何も見えない。なんとか離れて内容を見て、私は思いきり顔をひきつらせた。

「か、牡蠣《かき》小屋ですか!?　だって、今、食べたばっかりじゃ……」

「ボーノ。ボーノな前菜デース。次はこれを食べたいデース！」

ナポリタンが前菜!?　アンディが何を言っているかわからない。だって、食べたじゃないか。一人前。サラダ付きで。もちろん私はおなかいっぱいだ。

「いいですね、僕もまだいけますよ」

加賀先生もめちゃくちゃだ。なんなんだ、この似た者同士たちは。

「リョーコさん、心配しなーいでくだサーイ。丸くてボーノ、きっとここにありマース！」

たぶんないと思うのだが、私を安心させるためのアンディなりの気遣いなのだろう。

……というか、探し物をしているのはアンディなのだが。

◆◆◆

海辺に構えられた牡蠣小屋。簡素な造りのテーブルに焼き網と蒸し器が置かれていて、牡蠣などの海の幸を楽しむことができる気軽なお店だ。

「ひゅー、とってもおっきーデース！」

アンディは店頭に並ぶ岩牡蠣を見て大興奮だった。

「一部は生でも食べられますよ」

「えっ、それは夢みたいですね」

そうを言って興奮したのは、アンディではなく加賀先生だった。食いしん坊っぷりではアンディにまったく引けを取らない。

このお店は、バットに焼きたいものをのせて、レジに通す仕組みだ。

「牡蠣はイタリアでも食べられるんじゃないですか？」

牡蠣は世界各国で食べられていると聞く。だが、アンディは「わかってない」と言いたげにチッチッチと指を振った。

「好きなものは好きなトコロで食べたいのデース」

なるほど、そういう考え方もアリなのか。旅先で現地でしか食べられない料理を食べるのもよいが、旅先のいつもと違った景色や空気の違いを感じながら、自分の好きなものに舌鼓《したつづみ》を打つのも、旅行のよさなのだろう。

「それに……ナポリターンは冒険デース。おいしかったけど、冒険はもうイイデース」

とかなんとか言いつつ、アンディは牡蠣を醬油で食べたいとワクワクしている。加賀先生も、あらゆる角度から岩牡蠣を眺めて嬉しそうだ。

「夏にこんなにおっきい牡蠣が食べられるなんて……。すごいです、すごいですよ涼子さん！」

ふたりのせいで、私も「一個だけなら……」と誘惑に負け、牡蠣をバットにのせてしまった。

店の人に牡蠣の殻を開けてもらい、レモンを絞って醬油を垂らす。大振りでぷりぷりとしたそれを箸で摘《つ》まみ、口に運ぶと、磯の香りとクリーミーなコクが口いっぱいに広がった。大洗の夏の味覚だ。

「うーん、お酒がほしいですね！」

加賀先生は目を細めて脱力する。気持ちはわかるが、燦燦と照らす日光の下でお酒を吞むのは、私には抵抗がある。それに私は、家に帰れば仕事がある。

「トオール。ノンノン、絶対ダメでーす」

意外なことに、アンディも同感だったようで、強く批判めいた口調で諌《いさ》める。

「ほら、先生。アンディもそう言っていることですし――」

「サケはこれからじっくり探しマース。最高の一本、今夜のお楽しみ、デース！」

と、いうことは……と私は先生と顔を見合わせる。

「探し物がふたつになっちゃったんですけど」

「あはは……そうですね」

「丸くてボーノ」は果たして見つかるのだろうか。それとも、アンディにとっては酒の次でよいのだろうか……？　さっきから、私たちは彼の強烈なテンションに振り回されっぱなしだ。

牡蠣を堪能したあとは、曲がり松商店街に戻って、酒屋にでも行ってみようかということになった。私は歩きながら、せめてヒントだけでも聞き出そうと、アンディに質問する。

「あの、お酒といってもいろいろありますけど、ワインとかビールとか……」

「日本酒でーす！　サケがいいでーす！」

アンディ曰《いわ》く、イタリアでも日本酒は手に入らないこともないが、まだそこまでメジャーではないそうだ。日本からイタリアへの輸出が始まったのだってほんの数年前のことだという。アンディは前回の日本旅行の際、友達に勧められて飲んで、日本酒好きになったらしい。

「私、サケが大好きでーす。リョーコさんのおススメを知りたいでーす」

私は先生と顔を見合わせる。

「それは……せっかくの初大洗ですし、やっぱり、月の井酒造なんてどうですか？」

地元自慢の酒蔵の名前をあげる。月の井は、まさにこの曲がり松商店街に店を構えているのだ。

「それは……！　行くしかないデース！」

「ちょっ、待って、話を聞いて!!」

そう言って、アンディは走り出してしまった。どこにあるのかわかっているのだろうか？　慌てて追いかけると、角を曲がったところで、アンディは足踏みしながら待機中だった。

「リョーコさん。シュゾーはどこデース？」

あくまでマイペースなアンディなのだった。


月の井酒造は一五〇年以上続く伝統ある酒造で、蔵元は現在で八代目だという。表に面した商店部分は木造の古い建物だ。引き戸を開けると、棚にはずらりと、松川荘《うち》でもおなじみの月の井の酒瓶が並んでいる。

民宿で出すための酒はいつもは注文して配達してもらっているので、近所といっても私がこの店に訪れる機会は少ない。店舗のすぐ後ろにある蔵でできたばかりの新酒が置かれていて、私もちょっとウキウキしてきた。


「すみませーん」

パートのお姉さんが迎えてくれる。近所に住んでいる人なので顔見知りだ。

「あら、涼子ちゃんに加賀先生。えっと、そちらの方は……」

「アンディデース。イタリアからきたデース」

アンディは無駄に元気がよい。人見知りとは無縁の存在だ。彼は目を輝かせながら店内を見まわしている。お姉さんはちょっと驚いたような顔になったが、すぐに先生に向かって微笑《ほほえ》みかけた。

「彼、とっても日本語がお上手ですね」

「もちろんです。僕が教えましたから」

加賀先生は胸を張る。はいはいと思ったが、お姉さんには効果てきめんだった。口元を抑えてオーバーリアクション気味に驚いている。

「加賀先生って本当にすごいんですね～」

あくまで先生は地元のイケメン王子様なのだった。彼女たちファンのためにも、先生はそのガッカリな部分を何としても隠し通してほしい。

「あの、お酒を探しているのは彼なんですが……」

「まあ、イタリアからいらした方に飲んでいただけるなんて光栄ね。どんなお料理に合わせるか、わかります？」

お姉さんにそう言われて、私は考えこむ。アンディは今晩飲むつもりだ。とすると、松川荘の料理に合わせることになる。

今日一日の様子を見ていて、アンディには特別に外国の方向けと思って食事を用意するよりも、一般の日本人向けの食事を出した方がいいとは思う。とはいえ、少しは豪華にして喜ばせたい気持ちもあり、追加で岩牡蠣を買ってくるよう買い物係の父に伝えてあった。牡蠣はさっき食べてしまったが……。

「ハイハイ！　牡蠣デース。アンディ、牡蠣をもっと食べたいデース」

アンディはあっさりと自己主張し、私はひとまず胸を撫でおろす。もっとも、牡蠣はアンディが食べなければ父が譲り受けるはずだったので、父はガックリするだろう。

「じゃあ、牡蠣で和食ですね。味は、こってりめです」

私はアンディの代わりに、今日の料理の方向性をパートのお姉さんに説明した。今日の料理には揚げ物も入っているのだ。

「なら、『彦市《ひこいち》』なんてどうでしょう？」

そう言って提案されたのは、だ円型に切り取られたラベルに波のイラストが描かれた「彦市」というお酒だった。

「松川荘《うちうち》では扱ってないものですね」

松川荘《うちうち》で仕入れている酒なら、わざわざ買って帰らなくても宿でオーダーしてもらえばいい。なので、アンディがわざわざ買うなら、うちが仕入れていない酒の方がよいだろう。

「ステキなラベルデース‼」

「これは……どんなお酒なんでしょうか？」

酒呑みの加賀先生も興味津々だった。彼は、どんなに飲んでも潰れずに最後まで生き残っているので、町のみんなから恐れ敬われている。歓迎会での飲みっぷりはすでに伝説だ。

「酸味があって、さっぱりと飲めるお酒なんです。なんでも合いますが……牡蠣に合わせてもいけますよ」

「ブラーボ！　リョーコさん、コレ。これデース！　アンディ、また牡蠣が食べたいデース！」

よほど牡蠣が気に入ったのか、「牡蠣に合う」のひと言でアンディは心を決めていた。牡蠣を追加手配しておいて本当によかったと、私は改めて息をつく。

お会計を済ませると、ぴょんぴょんと跳ねるアンディに呼ばれてカメラを渡された。

「リョーコさんリョーコさん！　記念撮影、お願いしま〜す！」

店頭に置かれたアニメのパネルの隣でポーズを決めるアンディ。シャッターを押してあげると、「一生大切にしま〜す！」と大喜びだった。しかし、それもつかの間。

「今度はこっちでお願いしま〜す！」

次は呉服屋さんの前で手を振っている。写真を撮る前に襟元を正していたので、特にお気に入りの子なのかもしれない。と思っていたら、アンディは次々と目当てのパネルを見つけ出しては記念撮影をしていった。ひとしきり盛り上がってパネルを制覇し終わったころには、私も先生もへとへとになっていた。

何か忘れているような……と首をひねりつつも、チェックインの時間になったので、一度民宿に戻ることにした。曲がり松商店街は誘惑が多い。加賀先生はなぜかみつだんごの入った袋を持っているし、私もつられて、いろいろと買い物してしまっている。

「大洗の牡蠣はとっても素晴らしいデース！　サケとごはんを合わせるの、たのしみデース」

目当ての一本を手に入れ、アンディはすっかりご機嫌だ。例のアニメの劇中曲でもある、有名なイタリアの大衆歌謡を鼻歌で歌いながら、松川荘《うち》を目指して海沿いの通りを歩いていく。夏の盛りをすぎて、日は少しずつ短くなってきているが、外はまだまだ明るい。

入道雲の上から差す日差しはまぶしく、穏やかに波がリズムを刻む海を照らしている。歩いていても、風に乗って潮の香りが漂ってくる。

と、アンディは磯前神社の石段の前で立ち止まり、凄い勢いで駆け上がっていく。

「ふ、ふおおぉ……！」

「何!?　取り憑《つ》かれた？」

「ま、待ってくださーい」

ひたすら歩き回ったアンディのどこに、あんなエネルギーが残っているというのだ。

私は慌てて追いかける。そこからだいぶ遅れて加賀先生。

「ここデース！　ここを戦車がガガガッて下りるんデース!!」

アンディは興奮気味でまくし立てている。戦車と言われ、ようやく理解する。

「ああ、アニメの……」

私は呟いて、石段と、そこから見える景色を眺める。海に向かって、石段を駆け下りていく戦車。作った人はよくこんなシーンを思いついたなあと感心したものだ。この町に生まれ、ずっと暮らしてきた私だが、とてもじゃないが思いつかない。

私にとっては日常の風景、何気ない場所。でも、アニメが好きな彼らにとっては特別な場所なのだ。聖地巡礼に来た人たちの、そういう気持ちは大切にしていきたいなと改めて思った。

「さあリョーコさん！　お宿に戻るデース！」

「涼子さーん、アンディ～！　はあ、はあ、はあ、待ってくだ、さいよお～」

アンディが切り出したのと、先生がへとへとになりながら石段を登りきったのは同時だった。姿を見ないと思っていたら、ずっと石段を登っていたのか。

「そ、そんなあ……せっかくのぼったのに、もう!?」

あわれ、加賀先生は、なんとも言えないショックを受けたような表情になった。

◆◆◆

「いいお風呂でした～」

松川荘《うち》のお風呂から上がった先生は、浴衣《ゆかた》を着ていた。いつも見ている白衣姿とのギャップで違和感がある。

「あ、眼鏡が……」

クーラーがきついせいか、加賀先生の眼鏡が曇った。眼鏡をはずした先生を見て、私はついびっくりしてしまった。先生は、思っていたよりツリ目でキツい顔をしていたのだ。いつもヘラヘラしているせいか、ギャップが激しくちょっと怖い印象を受ける。

「？　……涼子さん、どうしたんですか」

「な、なんでもないです。食事、もう準備できてますから」

動揺で、つい言葉がぶっきらぼうになってしまう。

先生は眼鏡を拭きながら不思議そうにしている。眼鏡がないせいか、顔をしかめていて別人のようだ。先生はいつもの先生でいてほしい。なんだか落ち着かない。


「カンパーイ！」

食堂で加賀先生とアンディが杯を合わせる。ふたりとも、風呂から上がったばかりでさっぱりとした様子だ。先生はアンディに何かあったときのために自分も泊まると言っていたが、どうやら、前から一度うちに泊まってみたかったという理由もあるようだ。

「わあ、このお酒、本当に牡蠣と合いますね！」

「ボーノボーノ！」

とっくりの中身は先ほど買った月の井の「彦市」だ。最初に出したつまみは生牡蠣。牡蠣のクリーミーなコクのあとにすっきりと酸味のある日本酒が喉を通って、最高の味わいに違いない。

「お刺身です」

大きな舟盛りをテーブルに置くと、ふたりは「わっ」と声を上げた。

「ふたり以上だと、お刺身が舟盛りになるんですね〜」

感心したように話す加賀先生と、無言でシャッターを切るアンディ。

「アンディ、生の魚ですけど、大丈夫でしたか？」

「おさしみ、むか〜し、東京で食べましたデース」

「安心してください。彼が残すようなら僕が食べますから！」

親指を立てるアンディと、なぜか自信満々の加賀先生。確かに完食については信頼できるふたりだ。

「ノン、ノンノン！　ダメデース！　アンディのデース！」

そんな言い争いを背後に、キッチンに戻って冷蔵庫からタレに漬けたスズキを取り出す。漁港で獲れた旬の味で、から揚げを作るのだ。

食べやすい大きさに切ったスズキを醤油と酒、にんにくとショウガを入れた特製のタレに漬けこんで揉んでおく。それに片栗粉を付け、じゅわじゅわと音を立てる油に放りこんだ。

「それと、もうひとつ……」

冷蔵庫から大振りの牡蠣ふたつを取り出し、衣を付けて油に放りこむ。牡蠣フライだ。口の中いっぱいに牡蠣の旨味が広がる感覚を想像しながら油からあげ、タルタルソースを添えておく。

「揚げ物です」

「ワオ！」

アンディは諸手を挙げて叫んでいた。イタリア人もこういうとき、「ワオ」って言うんだなあと月並みな感想を抱いてしまった。

「こ、これは……」

加賀先生はゴクリと唾を飲み込む。ふと舟盛りを見たら刺身はすでに三分の二以上がなくなっていた。アンディも食べてくれているようでよかった。

「こんなおっきい牡蠣フライ、見たことないです……！」

「こっちのから揚げもおいしそうデース！」

ふたりは目をキラキラと輝かせながら、さまざまな角度から牡蠣フライを眺めている。

特に先生はいつまでも箸をつけようとしない。

「もしかして、猫舌ですか？」

「いえ、こんなすごい牡蠣フライ……食べるのがもったいなくて」

「……早く食べてください」

先生は相変わらずなのだった。

「オーッ、これは牡蠣デース？」

アンディはものすごく驚いている。もしかして、イタリアではマイナーな料理なのだろうか。

「涼子さん、牡蠣フライは日本的な食べ方なんですよ」

「なるほど」

加賀先生はまだ箸を持つことをためらっている。

「アンディ、熱いので火傷《やけど》に気をつけてくださいね」

「もちろんデース！　ですが、このままだと冷めちゃいマース」

「すごいなあ、すごいなあ、この牡蠣フライ」

「先生は早く食べてください」

アンディはぷすりとフォークを刺し、たっぷりとタルタルソースをのせたフライを口に運ぶ。そこからは早かった。熱かったのか、口をはふはふとさせながらあっという間に全部平らげてしまう。その後に、ちょびりと彦市を飲み、「ぷはあ」と最後に溜め息をついた。

「ボーーーノッ！　リョーコさん。これ、キョウイチデース」

握手を求められ、そのまま引き寄せられる。ハグだ。熱烈すぎるリアクションだった。

「ンごっ!?　ちょちょちょ、アンディ、ダメです。それダメですから」

から揚げを食べていた加賀先生が必死で止めに入る。気に入ってもらえて何よりだが、何か忘れているような気がする……。

「アーーッ」

突然、アンディが声を上げて立ち上がる。

「丸くてボーノ、忘れてたデース」

「あっ！」

私と加賀先生は声を合わせてしまう。すっかり忘れていた。

「まあまあ、とりあえず……明日頑張りますか」

あははと笑いながら、先生はコップを傾けた。先生は明日は仕事があるはずだが。

「そうですそうでーす！　大洗はほかにもボーノ、たくさんでーす」

アンディもそれでよいのか。気楽なふたりだ。買ってきた彦市もすっかり中身がなくなっている。それなのにふたりとも大きな変化が見られない――シラフの状態でも変な人たちなので、酔ったからといってこれ以上変になりようがないのかもしれない。

「お酒の追加がほしかったら言ってくださいね」

「さっすがリョーコさん、フトッパラでーす！」

「追加料金はいただきますけど」

「『太っ腹』って、僕が教えたんです」

「先生は黙っててください」

こんなふうにして、酒呑みたちはじっくりと宴を楽しんだのだった。

◆◆◆

「手伝いますよ」

「おかまいなく。先生は今日はお客さんですし。アンディと一緒にいてあげてください」

宴も終わり、私が流し台に立っていると先生がやってくる。足元はしっかりしているし、変わった様子も見られない。ヘタレなくせにお酒だけは信じられないほど強いのだ。

「まぁまぁ、そんなこと言わずに。アンディは涼子さんのお母さんたちとお話ししてますよ」

食堂の方からドッと笑い声が聞こえる。気を取られていると、先生は勝手にお皿を手にして洗い始めてしまった。

「あっ」

「隙ありです」

先生はご機嫌な様子でお皿を洗っている。まぁ、いいか。お風呂上がりの怖い顔じゃなくって、元のヘラヘラ笑いの先生に戻っていることに安心して、なぜか妙に気持ちが落ち着いてしまう。

「終わったらお茶でも飲みます？」

「それもいいですね」

先生に洗い物を任せてお茶の用意を始める。食堂には母がいるので四人分。お茶菓子もつけよう。戸棚からおせんべいを入れて菓子盆に入れる。醬油、七味、揚げせん、サラダと四種類の味を選んでみた。

おせんべいはイタリア人の口に合うのだろうか。そもそも、食事のあとでお腹がいっぱいなのではないだろうか。

「あ、おせんべい……いいですね。ちょうど小腹も空いてきましたし」

加賀先生は嬉しそうに菓子盆を見つめている。この人の胃はどうなっているのだろうか。それならば同じく大食いのアンディも問題ないだろう。それに、珍しがって喜ぶかもしれない。

「お茶どうぞ」

「ブラーボ！　もしかしてリョーコさん、私のこと大好きですかー!?」

「普通です」

お茶というだけなのにこのテンションの上がりっぷり。さすがアンディだ。「テキビシ〜《ン》ッ！」とおでこをピシャリと叩く。これもきっと加賀先生が教えたのだろう。

「何だっぺ涼子！　アンディみたいなイケメンに意地悪言って！」

すかさず母の援護射撃。母はイケメンに弱いのだ。ちょっと迷惑だ。

「幸さんの方がやさしいデース！」

「だっぺだっぺ〜」

アンディと母はすっかり意気投合していた。確かに、皆川家の人間でアンディともっとも波長が合うのは母以外考えられない。

「どうぞ」

「ふおおおお……」

私はお盆からお茶と菓子盆を食卓に置く。珍しかったのか、アンディはおせんべいを覗きこんだまま固まっていた。

「このおせんべい、僕も好きなんですよね～。あちらこちらで見かけますよね」

「大洗の人はこの味で育ってっからね～」

母はぽきぽきと袋の中のせんべいを砕きながら言う。大洗どころか、少なくともこの周辺でおせんべいといえばマルキン米菓の「とろ火焼」だ。スーパーにもしっかりと並んでいる。

「そうなんですね～」

加賀先生は幸せそうに目じりを下げてお茶をすすっていた。

「この辺に工場があるのですぐ行けますよ」

「工場にはおだんごもあるよ」

「それは今度行ってみないと！」

マルキン米菓は大洗水族館の近くに工場と小さなお店を構えている。お店ではお茶とおだんごを楽しめる。私も、民宿のお客さん用と皆川家用に普段から利用している。と、ひと通りおせんべいの話をしたところで、アンディが妙に静かなことに気づいた。

「アンディ？　どうしたんですか」

アンディはおせんべいを見て何かぶつぶつと独りごちている。正直怖い。

「ブラーボ！」

そして、バサリと顔をあげるとすかさずおせんべいを天高く掲げて雄たけびを上げた。

「うわ、何？」

「アンディ、しっ、静かに。ほかのお客さんに迷惑ですから」

私は思わず引いてしまったが、さすがの加賀先生もちょっと慌てている。

「これデース、これがボーノデース！」

アンディはばしばしとおせんべいを叩きながら言う。

「もしかして……丸くてボーノ!?」

「スィー、そうデース。ふおおぉ……」

愛しいお菓子との再会に感無量といった様子だ。しかし、先ほどの注意をちゃんと守って、今度は声を押し殺して感動している。意外と律儀な性格だ。

なるほど、これが丸くてボーノ。確かにビニールの袋に書かれた情報では何もわからない。とはいえ、おせんべいなんて、日本にいればどこでも手に入れられるお菓子だけど。

「アンディは、この味がよいデース」

と言ってアンディが選んだのはサラダ味だった。だが、私はあえて揚げせんを選んで彼に渡す。

「アンディ、これも食べてみて。きっと気に入るから」

醤油が大丈夫ならば、きっとこれも好きに違いない。

「わかりました！　リョーコさんが言うなら間違いないデース」

アンディはおせんべいを袋から取り出してパリンと割ってかぶりつく。

「ふ、ふおおぉ……」

みるみるうちにアンディの目は輝きだし、揚げせんを両手で掲げ始める。何かの儀式のような絵面だ。

「これもボーノデース、お茶に合いマース」

「アンディ、これも食べっけ？」

母が食べやすい大きさに割った醤油せんを勧める。結局、アンディは全種類をいたく気に入ったのだった。だが、一番はやはりサラダ味だという。

「どうしてサラダなんです？」
気になって聞いてみると
「これにトマトソースとチーズをたっぷりかけてピザにしたら絶対ボーノだからデース！」
なるほど。あくまで自分のライフスタイルを崩さないアンディなのだった。

◆◆◆

翌日の月曜日、アンディは私を引っ張るような勢いでマルキン米菓の販売店・好梅亭に直行した。部屋で遅くまでアニメのＤＶＤを観ていたらしいのに、元気なものだ。加賀先生は残念ながらお仕事だ。アンディを駅まで送ったら彼の分のおせんべいを届けてあげよう。

「リョーコさん！　あれは何デース？」

店舗のガラスの向こうに大きな機械がある。

「あれはおだんごを作る機械です」

「みつだんごデース！」

「いえ、みつだんごは小麦粉を使ってるけど、これはお米を使ったおだんごなんです」

「カッツオ！」と、おそらく「オーウ！」的な言葉を発して、アンディはカシャカシャと記念撮影を始めてしまった。

私はあんだんごとみたらしだんごを買って、ハイテンションのまま撮影を終えたアンディと一緒に食べることにした。目の前で作られた出来立てのおだんごはおいしい。

「このおだんごは、お米の粉を使わずに、せいろで蒸したお米を機械で潰して作ってるんですって」

私がウンチクを披露していると、アンディの大きな目から突然、ほろりと一筋の涙がこぼれる。

「……アンディ？」

何か気に障《さわ》ることを言ってしまっただろうか。

「……ずっとここにいたいデス……」

おだんごを飲み込み、アンディはぽそりと呟く。

「大洗、ボーノたくさんデース。それに、トオールもリョーコさんも、大洗の人みんな親切デース！　友達、みんな大洗のこと『帰る場所』言いマース。アンディも思いました。どこにも行きたくないデース！」

わあっと泣きながら、アンディが抱きついてくる。まるで子供みたいで、「仕方ないなあ」と背中をポンポンと撫でてやった。

「よしよし、また『帰って』来てくださいね。みんな待ってますから」

「リョーコさあん！　アリガトウ、アリガトウ!!」

アンディはひとりでは持ちきれないほどのおせんべいを買っていった。大洗を出る前にイタリアに送るらしい。

「リョーコさん、お土産屋さんに行きマース！　大洗にはまだまだボーノがいっぱいデース！」

「ええ!?　まだ買うんですか？　東京でも買えますよ」

「ノーン！　リョーコさん、何もわかってないデース。好きな場所にお金を貢《みつ》いで何が悪いのデース」

「オフセってやつデース」と胸を張るアンディ。お布施のことか。よくそんな言葉を知ってるなと感心すると同時に、なるほどそんな考えも……と思ってしまった。確かに、聖地巡礼の人たちも大洗でたくさん買い物をしてくれている。

「アンディは知らないかもしれないけど、日本はほかにもよいところがたくさんあるんですよ。茨城県は、日本の中で一番魅力がないところって言われてるんだから」

「ノーン！　リョーコさんはやっぱりわかってないデース。ここがよいところか悪いところか、決めるのはアンディデース！　アンディの『帰る場所』を悪く言ったら許しまセーン！」

「……」

私は言葉に詰まる。アンディの言うことはもっともだ。私は以前、祖母に言われた言葉を思い出す。

あれは、加賀先生の歓迎会でのことだ。「大洗を何もないところと思うなら、ここを出て東京でレストランを開け」と。

「アンディ、ごめんなさい」

恥ずかしくなってきて、私は思わず頭を下げた。茨城のよさ、大洗のよさ、私よりアンディの方がちゃんとわかっている。

「リョーコさんは真面目すぎデース！　テキトーでいいんデース」

アンディははははと笑い飛ばす。それからこう言った。

「リョーコさん、楽しそうだけど笑わないデース。きっと、心に重いものがいっぱいデース」

とっさに笑顔がないことを責められたのかと思った。アンディのテンションに巻きこまれて悩む暇もなかったが、私が笑えるようになったわけではもちろんない。

「すみません、変ですよね」

「ダイジョーブダイジョーブ！　きっとすぐに笑えるようになりマース！」

けれど、アンディはあくまでも明るく、ばんばんと背中を叩いてくる。正直痛かったが、心が少し軽くなっていくのを感じた。

「アンディが次に『帰って』来るときまでに笑えなかったら……」

「なかったら？」

「リョーコさんをお嫁にもらっちゃいマース！」

アンディはウィンクする。それは困るので、早く笑えるようになっておかなくては。

「リョーコさ〜ん？　今、失礼なこと考えたデース？」

「あ、えっと。……すみません」

「リョーコさん!?　なぜそこで謝るんデース！」

別れぎわ、アンディは何度も何度も手を振っていた。乗客の少ない大洗鹿島線のラッピング車両に乗り、発車してからも、いつまでも、いつまでも。

「アンディ、必ず帰ってきマース！　リョーコさん！　いつか私の料理も食べてくださーイ」

私も小さく手を振って、騒がしい友人の姿を見送っていた。

せっかく騒がしさに慣れてきたのに、明日からしばらくは、祭りのあとの火の消えたような寂しさを感じてしまうことを予感しながら。

議題3 インスタ映え映え看板メニューについて

十月、大洗町に秋がやってきた。

発表された都道府県魅力ランキングで、残念ながら茨城県は今年も最下位だった。しかし、今年は今までのように落胆なんてしていられない。今なら分かる。小野さんやアンディの言うように、知らない誰かの決めたランキングに振り回されるなんて、そんなのはおかしい。

十一月には「あんこう祭」という大洗最大のお祭りが控えているが、十月にも「しらす祭」というイベントが開催される。

シラスは大洗の名産品のひとつだ。生シラスを食べられる店もあれば、お土産にもシラスを使ったものがある。何を隠そう、大洗町のゆるキャラ・アライッペのモチーフにだってシラスが使われている。ちなみに、このアライッペ。なんとも言えない独特な容姿をしている。

とにもかくにも、秋は大洗にとって、シラスの季節だ。

「今年のしらす祭は、ウチも目玉メニューさ出すべ」

食事の席でそう言ったのは祖母だった。

目玉メニューなんて言葉、祖母の口から出たのは初めてだ。今まで松川荘《ウチ》はいたって保守的だったのだから。

「おばあちゃん、目玉メニューって……チラシでも配るの？」

私の質問に、祖母はわかっていないなあと言わんばかりに首を左右に振る。

「おめさ本当に若者け？　今はアレだよ。ＩＴ革命の時代だっぺよ！　これからはＳＮＳで宣伝すんだよ、Ｓ・Ｎ・Ｓ」

祖母のしんは「ＩＴ革命」や「ＳＮＳ」という言葉を力強く言い放つ。しかし、ＩＴ革命なんて私の子どものころに生まれた言葉だし、ＳＮＳとはよく聞く単語だけれど、何のことだか結局よくわからない。

「涼子、すごいんだ。おばあちゃん、インスタグラムを始めたんだよ」

「インスタグラム？　それ、どういうやつだっけ」

私は未だにスマートフォンも持っていない。携帯電話を携帯し忘れて家族に怒られることもしばしばだ。宿の予約の確認など、どうしてもインターネットを使わなくてはならないときには、五年くらい前に買った居間のパソコンを使っている。

だが、私以外の皆川家の人間は、全員スマホをすいすい操っている。新しいもの好きの母は当然として、あの父や祖母すらスマホなのだ。

「インスタっちゃこういうやつだっぺ！」

祖母は力強く言うと、華麗なフリックで色とりどりの画面を見せつける。私は目をチカチカとさせながら、情報の奔流を眺めていた。

祖母の説明によると、何やらインスタではたくさんの人と写真を使って交流ができて、芸能人も自分のライフスタイルを発信するのに使っているらしい。

「……なんか疲れるね」

「どっちがおばあちゃんだっぺ」

母は心底呆れたように言う。彼女はスマホのアプリは利用しているが、SNSはやっていないらしい。少し意外だ。派手好きの母のことだから、発信とやらをしたがると思っていたのに。

「ほら、お母さん見栄っぱりだから。こういうのやったらハマっちゃいそうで」

納得だ。インターネットやSNSにのめり込むと、きりがなさそうで恐ろしい。

「で、おばあちゃんはインスタグラムに何をのせてるの？」

私が質問すると、祖母は首を振る。

「おしえねぇ。恥ずかしい」

ここで私が「いいじゃん、気になるから教えてよ」と、軽く聞き出せるような性格をしていたならば、もっと楽に生きてこられただろう。

私は「そっか」と言ったきり黙りこんでしまった。実際のところ、七〇代後半の祖母がインターネットで何を発信しているのか、気になって仕方がないのだが。ついつい、いらない我慢をしてしまう。

「で、おばあちゃんはSNSにシラスのメニューをのせたいんだって」

おもしろそうに母が説明すると、祖母は力強くうなずいた。

「だっぺ。ふぉろわーってやつに涼子の自慢の料理さ発信すんだ！」

「ふぉろわー」という聞き慣れない単語が飛びこんできたが、その疑問は祖母の発言の後半の内容によって吹き飛んでしまった。

「え？　私？　いや、そんな自慢とか……」

「いんや、涼子のメシを自慢したら、絶対みんな羨ましがっから！　だから、涼子はインスタ映えするメニューさ考えろ！」

祖母は昔から私の料理の腕前は買ってくれている。そして、いつものように「銭貯めて、東京で広くて綺麗なレストランさ開け」と私の肩を叩いて言うのだ。祖母は正直、私を買いかぶりすぎているし、東京でレストランなんてそもそも非現実的だ。そもそも、私自身が本当に望んでいるのは、レストランではなく民宿を継ぐことなのだし。

だが、祖母の言葉がプレッシャーとなって、私は未だに民宿を継ぎたいと言い出せないでいる。

——祖母は、妹の美沙には「早く嫁に行け」としつこく言っていたが、私には決して言わなかった。私のことは、大洗から出ていってほしくないと本当は思ってくれてるんじゃないだろうか。

そうは思うが、確信はない。レストランではなく民宿を継ぐと言ったら、祖母はどんな顔をするだろうか。いつも厳しいことを言われているせいか、私には祖母が喜んでくれるとは思えず、なかなか口に出す決心がつかないのだった。

◆◆◆

「おもてなし会議」のある水曜日がやってきた。

今日は雨で、時間の少し前に診療所に行ってみると、加賀先生はまだ診療所で事務仕事をしていた。

ぼんやりと景色を眺めながら先生を待つ。雨のせいか、窓から見える海も黒く濁《にご》っている。

「ＳＮＳですか？」

仕事を終えた先生に、私は早速、祖母がＳＮＳを始めたという話をした。

「僕もやってますよ。投稿せずに見ているだけですが」

そう言って、加賀先生はスマホを取り出す。手帳のような形のブラウンの革のケースに入っている。それを慣れた手つきで操作し始めた。

今まで意識していなかったが、加賀先生すらスマホ派なんだ。時代に取り残されている感覚を改めて味わう。やっぱりスマホを買うべきだろうか。

「どうしたんですか、涼子さん。なんだか顔色が悪いような……」

「い、いえ。ただちょっと寝つきが悪かっただけで！」

「無理はされない方が……」

「平気です。おかまいなく」

思わず語気を強めて強調した。加賀先生は不思議そうに首を傾げている。

「これは写真が投稿できるアプリなんですが。……あ、ありました。これです。これが僕の見つけたお気に入りリストです」

そう言って見せてくれた画面には、ずらりとおいしそうな食べ物の写真が並んでいる。

「……素敵な写真ですね」

加賀先生らしいチョイスだ。さすが、先生は期待を裏切らない。

「本当にそう思ってます？　失礼なことを考えてませんか？」

「いえいえそんな」

食いしん坊だと思うくらいセーフだろう。紛れもない事実だし。

「おいしそうな写真があると、ついついフォローしてしまうんです」

先生は嬉しそうに言う。確かにおいしそうだ。こんなにおいしそうな写真ばかり眺めていたら、先生がいつもお腹を空かせているのも無理はないかもしれない。

そのとき、ふと一枚、食べ物ではない写真があることに気づいてしまった。

大洗の写真だということはすぐわかった。磯前神社の石段にたたずむ猫の写真だ。慣れない指でスクロールしてみると、ほかにもときおり、大洗の風景写真をちらほらと見つけた。

「この写真は食べ物じゃないんですね」

「え!?　ま、まあ……そうですね」

先生は明らかに動揺して、私からスマホを取り上げた。私は不審に思いつつも、それ以上追及はしなかった。

「ところで……今月、しらす祭っていうお祭りがあるって聞いたんですが」

「え？　あ、はい、ありますね」

さすが加賀先生だ。地元の食べ物情報の収集には抜け目がない。私の方から切り出すつもりだったから助かったのだが、目の輝きっぷりが尋常ではない。

「楽しみだなあ。僕、シラスが大好きなんですよ！」

「実は、今日はその件で相談が」

私は加賀先生にしらす祭のメニュー開発の件を説明した。メニューは自分で考えなくてはならないこと。できればSNSで注目を集めるようなメニューがいいこと。SNSは苦手で、ヒントがほしいと思っていることなどなど。ついでに、都道府県魅力度ランキングの話もした。

「SNSに映える新メニューですか……」

加賀先生はあごに手を当て、悩んでいるふうなポーズを取っている。でも、どこか楽し気だ。

「涼子さんは何か考えているんですか？」

「うーん、一応候補はあるんですが」

先生は「きた」と言わんばかりに目をキランと輝かせる。

「それなら試食会をしましょうよ！　味見なら任せてください」

言うと思っていたが、それはとてもありがたい。今回ばかりは加賀先生の食欲を頼りにしよう。

◆◆◆

「やっぱり生シラス丼が食べれるのは嬉しいです」

夕飯を終えた松川荘の食卓で、試食用の小さなシラス丼を食べながら先生は語る。

生の透き通ったシラスに生卵を混ぜて食べる。独特の苦みを持ったシラスが卵に包まれてまろやかな口当たりになる。大洗に訪れる人への人気も高く、この土地のシラスのよさを伝える鉄板メニューだ。

大洗町ではシラス漁が盛んなため、生シラス丼を売っている場所が何か所かある。それに、しらす祭の会場で提供されるのも、この生シラス丼だ。なので、メニューに加えるとしても、これでお客さんをうちに呼べるかは微妙だ。もっと個性を出したい。

「僕、よく鎌倉まで行って食べてました」

「鎌倉、ですか……」

「大洗ではすぐに食べられるのが嬉しいです。それに、すごくおいしい」

鎌倉には、中学生のころに家族旅行で行ったことがある。数少ない旅行の思い出だ。鎌倉はすごい町だった。観光地として、景観や食べ物など観光資源の豊富さが大洗とは全然違う。家族はみんな「鎌倉はすげえ」「大洗は足元にも及ばねえ」と口々に言い、私も観光資源がたくさんあってずるいと大仏を睨みつけ、悔しい思いをして帰ってきたのを覚えている。

「涼子はまた鎌倉にやきもちけ」

祖母だ。いつからいたのか、彼女はいきなり図星を突いてきた。出先から帰ってきたようで、全身青色の服できめている。

「違うって！　大人だしそんなことしないって。もう。いつからいたの」

慌てる私をよそに、彼女は加賀先生を見上げて言った。

「先生は、東京にいたころ生シラス丼のために大洗さ来たことはあっけ？」

「それはないですね……鎌倉や江の島だけでした」

「涼子。これが現実だ」

その言葉に、私は頭を叩かれたようにショックを感じた。なぜ、そんなことをわざわざ言うのか。大洗の人たちがすがりたい、貴重な名産のひとつだというのに。だいたい、シラス丼を出す店には土日になれば行列ができている。

「そもそも、大洗町に生シラス丼があることも知りませんでした……」

先生は残念そうに言う。私はそこに「知っていたら行った」というニュアンスが含まれていることに気づいた。もう一度祖母を見る。

「んだ。涼子。知ってもらうことだって大事だ。いくら味さ磨いても、知られなきゃ意味がねえ。発信は悪いことじゃねえんだ」

それはそうかもしれない。私は奥歯を噛む。やはり、祖母にはまだまだ敵《かな》わない。

「それにしても、しんさん、今日のお洋服、素敵ですね」

加賀先生に言われ、祖母は誇らしげに青いニットを摘まむ。

「あぁ、今日はコンサートだったからなぁ」

〝推《お》し色〟というやつなのだそうだ。祖母はとある有名アイドルの大ファンで、激戦と呼ばれるチケット争奪を勝ち抜いてはコンサートに行っているのだ。コンサート当日は母に仕事を代わってもらい、東京まで出ていく。孫の私より今っぽいおばあちゃんなのだ。

そうして、言いたいことを言った祖母は「テレビに好きな芸能人が出るから」と居間に戻ってしまったのだった。

その後、シラスのかき揚げ、お吸い物などいくつかのメニューの試作品を先生に振る舞った。先生はどれも喜んでくれたのだが、最後にふと寂しそうに首を傾げた。

「シラスオムレツってないんですか？」

「オムレツですか？」

「大学の食堂のランチにあったんです。安くておいしくて。シラスのオムレツとサラダだけだったんですけど……おいしかったなあ。あれでごはん何杯でもいけちゃいました」

シラスオムレツ。卵焼きにシラスを入れたりする家はあるだろうが、オムレツとしてメニューに組みこむことは考えつかなかった。

「食べたいなあ～、シラスオムレツ」

試作品をあれだけ食べたにも関わらず、この人はどれだけ食べるつもりだ。食欲のモンスターだ。

「ちょっと作ってみますか」

「本当ですか!?　あの味をまた食べられるなんて夢みたいです」

加賀先生は目をキラキラとさせる。まぶしい幸せオーラに思わず後ずさりしそうになるが、私は足にぐっと力を入れて必死に踏ん張った。こんなガッカリイケメンにキュンとしてしまったら〝負け〟な気がする。

　ボウルに卵を片手で割り落として解きほぐし、シラスをふんだんに入れる。味付けは醤油少々に砂糖だ。シラス自体にも塩分があるし、しょっぱすぎるのはよくないだろう。

　フライパンにじゅわっと音を立てて卵が広がる。少し半熟にしたらトロトロしておいしいはずだ。卵の焼ける甘い香りがふわりと漂う。

「できました」

　できたオムレツをぽふんっと皿に置き、加賀先生に差し出す。オレンジ色の卵からは湯気が出ている。これは、確かにいけそうだ……！　私は胸の中に膨らむ期待を抑える。

「わあ……いただきます」

　加賀先生は大切な人と再会したときのような表情で、目を輝かせながら手を合わせた。箸でオムレツを割るとトロッとした黄色い半熟卵が崩れる。それをハフハフと頬張り、目を輝かせた。

「これは……んんっ、おいしい！」

　そうだろうそうだろう。こっちとしても自信作だ。だが、幸せそうに目を細めていたのも束の間。先生はすぐにしゅんとしてしまった。

「でも、思い出の味とは……違う」

——その日を境に、加賀先生とは連絡が取れなくなってしまった。

◆◆◆

次の週の火曜日も雨だった。

気温が下がり始めている。窓から見える大洗の海は相変わらず黒く濁ったままだ。いつもは神聖な雰囲気を放つ神磯の鳥居が、海に不気味な暗い影を落としている。

『それはぜーったいお姉ちゃんが悪いよ～』

家電の受話器から明るい声が聞こえる。妹の美沙だ。ちょっとした要件で向こうから電話が掛かってきたのだが、あれよあれよという間にこっちの悩みを聞き出されてしまった。私は昔から美沙の話術の前に隠しごとをすることができない。

『きっとセンセーの地雷を踏んじゃったんだよ！』

地雷、つまり普段は人に話さない嫌な思い出か何かだ。あのオムレツが先生を嫌な気持ちにさせてしまったのかと思うと、悲しい気持ちになってくる。

あれ以来、先生に電話しても応答はない。そのせいで診療所に行くことを躊躇してしまっている。家族も町の人も、「加賀先生が元気がない」と噂している。余計に責任を感じてしまう。

このままだと明日の会議は中止かもしれない。そう思うと、この一週間努めて無視してきた不安がドロドロとあふれ出す。

「ねえ、美沙。先生のＳＮＳのお気に入りってやつを見せてもらったら、食べ物の写真ばっかりだったんだけど……その中に、猫とか風景の写真があったんだ」

なぜ今、この話をしているんだろう。自分でもわからない。

『ええ〜!? それ、先生がフォローしてる誰かの写真ってことだよね？』

美沙のオーバーなリアクションが、こちらの不安をさらにあおる。「フォロー」というのが何かはよくわからないが、美沙が言うなら、たぶんそういうことなのだろう。

ＳＮＳの画面から猫の写真を発見したときの加賀先生のリアクションを思い出し、なぜかすごく気分が落ちこんだ。

「食べ物の写真じゃないんですねって言ったら……先生、すごく慌ててて」

『わっ、それ、絶対、女だよ！　カノジョが撮った写真だ！』

「うっ……」

思わず言葉に詰まった。自分でも、もしかしたらそうかもと思っていたのだ。とはいえ、別に知ったことではないはずだ。恩人ではあるが、そういう感情はない。ヘタレでがっかりだし。しかし、なぜか心に重くのしかかる。そう言えば、先生は大洗の町を〝特別〟と言っていた。それは、「大切な人のいる町」という意味なのだろうか。

『あ、ごめん。ショックだったよね……』

「そんなことない！　別に違うから！　美沙、話を聞いてくれてありがとう、じゃあ」

なぜか動揺してしまったが、私は乱暴に話を切り上げ受話器を降ろした。

猫の写真や大洗の風景を写真に撮る女の子……どんな子なんだろう。きっとやさしくて明るくてどこかふわっとしてて、自分と正反対なんだろうな……。そんなことを考えて、たまらなく情けなくなる。

どうしてこんなことを考えてしまうのだろう。加賀先生のことをそんなふうに思っているはずではないのに。溜め息がもれてしまう。

そもそも、近ごろの私はどうかしている。ずっと連絡の取れない加賀先生のことは明らかに心配しすぎだし、そのせいで注意力散漫だ。ランチでも、お客さんの人数より多くお茶を出してしまったり、ぼーっとして気づくと家族の話も聞いていなかったりする。それに、先生本人のことを心配するだけならともかく、例のSNSの猫の写真の人物が気になって仕方がない。

「こんなんじゃダメだ……」

自分のことを、町のことを足元から変えていくと決めたのに、うだうだしていては話にならない。私は立ち上がり、キッチンに立つ。

行動してみよう。そして、考えてみるんだ。

先生の話によれば、思い出のランチメニューのおかずは、シラスのオムレツとサラダだけだったはずだ。オムレツにサラダ、そして、ごはん……それでごはんを何杯もおかわりできる。それに、安価で大量に作られるであろう学食のメニューだ。特別な素材を使っているとは思えない。

「あ、もしかして」

ここでひらめいた。

そうなると、じっとしてはいられない。卵をボウルに割り入れて、実際に思いついたものを作ってみる。そのとき、味付けに思いついた工夫をするのを忘れない。本当にちょっとしたことだけれど……そうだ、これは間違いない。

そのとき、居間に置いた携帯電話が鳴った。一週間ぶりの加賀先生だった。

『涼子さん！　シラスオムレツの謎が解けました』

電話口の先生は、悲しんだり怒っているどころか、とても嬉しそうで弾んだ声だった。

心配して損したと拍子抜けするのと同時に、思わず安心して溜め息がもれる。

『いやあ～大変でした。母校に問い合わせても今はその学食が閉鎖になっているって電話を切られてしまって。いろんな人を訪ねてようやく謎が解けたんです！　よければ、これからお邪魔してもいいですか？』

これで、私のもうひとつの謎も解けた。加賀先生はシラスオムレツの謎を解くために、件のオムレツの製作者を必死で探していたのか。鳴り続ける携帯電話に気づかないくらい。食い意地もここまでくると恐るべしという感じだ。

「ま、先生らしいか」

電話を切った私は肩をすくめて、先生を迎えるためのお茶を準備した。


夜。加賀先生は、いつものようにふらっと立ち寄るような調子で松川荘《うち》の食堂にやってきた。先生の顔を見ると、改めてほっとしたのと同時に、私はこの一週間を思い出して、ついむっとしてしまった。

「先生、連絡しても出てくれないのはひどいと思うんですが」

「すみません、電話のあとに着信に気づきました。昔から何かに夢中になると携帯も見なくなってしまって……」

少し怒ったように言うと、先生は申し訳なさそうに頭の後ろを掻いていた。結局、スマホこそ持っているものの、先生も私と似たように、携帯を不携帯にするタイプみたいだ。

「いえ、何事もなかったようでよかったです」

「あ、もしかして僕のこと心配してくれてました？」

「……してません。あ、私も自分なりに考えて作ってみたんですが……これ」

私は、試食用にと卵焼き機で小さく作ったオムレツを差し出す。加賀先生は、ひと口食べるなり、驚いて目を丸くした。

「あ、すごい！　思い出の味にかなり近くなりました！」

「……ですよね」

加賀先生は、オムレツでごはんを何杯でも食べられたと言っていた。ということは、おそらく先生の思い出のオムレツは、ごはんに合わせることを前提に作られていたのだ。しかし、この間私が作ったオムレツは、塩辛いシラスを入れるので、味付けを控えめにしていた。敗因はそこだったのだ。と言っても、そもそも勝負ではないのだが。

「ごはんに合わせるなら、しょっぱい方がいいですもんね」

「そうなんですよ、僕も作った人に聞いたら、かなり塩辛く味付けをしたって言ってて」

推理が当たっていたことで私は満足したが、先生はどこか物足りない顔をしている。

「その……涼子さん」

ああ、やっぱり、と肩が落ちた。夜も遅いし夕食のあとだしと思って、敢えて用意しなかったのだが、言われるかもなあとは思っていた。先生はヘラリと笑って頭をかいた。

「白いごはんとかって……あります?」


「でも、これって見た目はほとんどただのオムレツですよね」

ごはんを前に改めて幸せそうに手を合わせる先生の前で、思わず溜め息がもれる。先生の思い出の味はわかったものの、私のインスタグラム問題はまだ解決していない。しらす祭はどんどん迫ってきている。

シラスオムレツは確かによいアイディア。そう、アリだ。大アリなのだ。鶏卵は町から近い小美玉市の名産である。地産地消の新鮮な素材を謳《うた》うにはもってこいのメニューだ。

だが、祖母の求める「インスタ映え」というのを考えると、かなり弱い。唸っているところへ、祖母が食堂へ入ってきた。

「おんや、先生、こんばんは。涼子、しらす祭のメニューは進んでっけ?」

「あ、しんさん。お邪魔してます」

「おばあちゃん。一応、オムレツを作ってみたんだけど……」

祖母はうんうんとうなずきながら、先生の器をちょいと覗きこんだ。先生は相変わらずのいい食べっぷりを見せているが、また辛うじてオムレツは器に残っていた。……辛うじてだが。

「見た目はフツーなんだけど、ごはんと食べるとおいしいと思う」

「はい、とってもおいしいです！」

私が説明すると、加賀先生が満面の笑みで言葉を重ねる。

「涼子と先生がそう言うんなら、うめぇんだろうけんどさ。これ、オムレツでなく、オムライスだっぺよ」

「え」

言われてはじめて気づいた。先生も、「言われてみればそうですね～」なんて暢気《のんき》に言っている。

オムライスといえばケチャップライスと私は決めつけていたけれど。そういえば、最近のレストランでは和風のオムライスを出しているところもあると聞いたことがある。

はじめからメニューを和風オムライスとして考えるなら、中に出汁と旬の食材の炊きこみごはんを包むなど、工夫もできる。それに、オムレツの塩辛さも調整できるのは嬉しい。学生向けのボリュームメニューならいいかもしれないけど、地元のお年寄りも食べることを考えると、塩分の高すぎるメニューは避けたいのだ。

「オムライス、いいかも……」

「ところで、このちっちゃい器はいいなあ」

「え、どういうこと？」

祖母からまた意外な意見がもれる。これはただ単に試食用にとオムレツを小さくしたのに合わせただけなのだが。先生はすっかり食べ終わってしまって、若干物足りなそうにしている。

「持って歩くのには、こういう方がよい《いん》べさ」

祖母が言うのは、小さくて持ち運べるものなら、食堂で食べてもらうだけでなく、食べ歩き用に店頭でも販売ができていいだろうということだった。確かに、お祭りに来るお客さんには食べ歩きをする人が多い。せっかく足を運んだのだから、いろんなお店のいろんな食べ物を食べたいという気持ちもわかる。

メニューの方向性、味付けの方針、そして食べるお客さんのイメージ。いろいろと見えたからだろうか。頭の中で、作るべきものがはっきりしてきた気がする。

「……おばあちゃん。明日、もっかい試作するから。一度食べてみて」

「涼子のオムライスけ。楽しみだ」

祖母は嬉しそうにうなずく。先生が、慌てたように手を挙げた。

「それなら、涼子さん。明日のおもてなし会議は、こちらの食堂で開きませんか。午後三時。しんさん、その時間はいかがですか？」

◆◆◆

翌日の水曜日、午後三時。

大洗おもてなし会議出張版が、松川荘の食堂で開かれた。先生のコーヒーの代わりに、祖母がお茶を出している。イレギュラー開催だ。

「加賀先生～、涼子がうんめえオムライス作ってやっかんな」

「はい！　とっても楽しみです。いや～この時間にしてもらえて助かりました。一刻も早く、完成版オムライスを食べたくて」

先生は祖母の言葉に遠慮しない。ある意味、図々しい人なのである。しかし、彼のこの感じが、大洗のおじいちゃんおばあちゃんたちにウケる最大の要素なのだ。

私は少し緊張しながら、卵をボウルに割り入れる。昨夜は閃いたと思ったが、あのあとまた不安になってきてしまったのだった。

本当にこれでいいのだろうか。「インスタ映え」にはまだ弱い気がする。写真にしたら、よくある小さなオムライスだ。ただのオムライスと何が違うのかがあまり伝わらないかもしれない。

小さめの器に出汁で炊いたごはんを小盛りにして先に出す。その上に、卵焼き器で作ったアツアツの半熟シラスオムレツをのせるのだ。一度厨房へ戻り、卵焼き器を持って再び食堂へ向かうと、先生が歓声を上げていた。

「わあ～！　これは撮らないと……！」

そう言って、先生は素早くスマホを構える。

「あの、それはただの炊きこみごはんです。卵をのせてからが完成です」

「わかってますよ！　ごはんの上でオムレツを割るタイプのオムライスですよね！　これは動画なんです！」

動画？　私は祖母と顔を見合わせる。祖母も撮影用にスマホを手にしてはいたが、卵を待つ構えだった。

ちなみに、祖母はしらす祭目玉メニュー開発計画の写真とSNS担当だ。メニューが完成したら、祖母が写真を撮り、ＳＮＳへアップロードして宣伝する。私は、祖母の写真を印刷会社にメールして、お祭り用の看板や旗を作ってもらうことになっている。

今大洗にいる皆川家の人間の中で、スマホのアプリを使いこなして一番綺麗な写真を撮れるのは祖母なのだ。

その祖母が口を開いた。

「せんせ、その動画っつうのも、ＳＮＳにあげられるのけ？」

「もちろんですよ！　オムレツを割ってトロッとごはんを覆う半熟卵、最高じゃないですか！」

「そうけ。インスタ映え、するのけ」

「しますよ！　きっと〝いいね〟がたくさんつきますよ～！　さあ、涼子さん、どうぞ！」

私と祖母は再び顔を見合わせる。祖母は、うんうんと力強くうなずいていた。

「先生、ごめん。その動画ってやつ、撮るとこ、ちょっとおばあちゃんに見せてあげて！」

「え、お預けですか!?　おなか、ペコペコなのに……」

「いんや、すぐだ。なんもかんも先生のお陰だ。別なおかずもつけてやっから、あとで動画をアップする方法も教えてくれ」

「本当ですか！　喜んで！」

「なんならデザートもつけますよ」

こうして、松川荘のシラスオムライスは動画としてSNSで発信されることになったのだった。

「涼子と一緒に食いもんさ作るなんて、なんか、嬉しいなぁ」

動画と写真の撮影をひと通り終え、完成したミニオムライスを食べて、祖母はしんみりとした様子で言った。

「なんで。むしろ、ひとりでできなくってごめん……」

大人なのだから、ひとりでできなくてはいけないのだ。ランチはどうにかこうにかひとりで回せるようになり、お客さんも少しずつ増えてきたけれど、こういうイベントごとになると、まだまだ私の力は足りない。

しかし、祖母はゆっくりと首を横に振った。

「いんや。前の涼子なら、誰にも聞かねぇでひとりでやってた。けど、最近はちょっと変わったなぁ。そんでいい。ひとりで考えこまないでいい。この町には、涼子には、家族もみんなもいんだから。そうじゃねぇと、ばっぱはさみしいよ」

祖母の言葉は柔らかくて、胸のつかえがひとつとれたような気がした。顔を上げると、先生はニコニコと、何も言わずにこちらを見ている。

「ま、SNSでの宣伝くらいは、本当は涼子がやってくれりゃぁいいと思うんだけどなぁ……」

「……ごめん」

返す言葉も見つからない。しらす祭が終わったら、スマホを買いに行こう。


その日のおもてなし会議は、いつもの倍ほども長くなってしまった。さすがに申し訳なくて、表まで先生を見送りに出る。お陰で、シラスオムライスは完成したし、祖母は初の動画アップとやらに見事成功したらしい。

「涼子さん。さっきのしんさんのオムライス動画、もう〝いいね〟がきてますよ！」

先生は、スマホを手に嬉々としている。

「……えーっとその、さっきも思ったんですけど、いいね、って言うのは」

「SNSを通じて写真や動画を見た人が、よいと思ってくれた合図なんです」

「ふうん。そういうのがあるんですね」

「しんさん、元々SNSですごく人気があるんですよ。ほら、この画像。最初はしんさんに頼まれてアップロードを手伝っていたんですが、最近では自分でアップしてて」

加賀先生はちょいちょいとスマホをいじり、私に写真の並んだ画面を見せる。私はちらっとそちらを眺めて、息をのんだ。見覚えのある猫がいる。

「先生……これ、」

「あっ、しまった。しんさんに内緒にしてって言われてたんだった……」

加賀先生が頭を抱える横で、私は衝撃を受けていた。そこに並んでいたのは、先日加賀先生のスマホで見た、石段の猫や大洗の町の風景写真だ。

写真を撮ったのは、確かに、美沙の言ったとおり、女性だった。しかも、私の予想どおり、私と正反対の性格の。

「はは……あはははは」

なんだかバカバカしくなってしまい、気づけばお腹を抱えて笑っていた。

「涼子さん……?」

笑いすぎて、目じりにたまった涙をぬぐう。先生は目を丸くして、こちらをじっと見ている。

「あはは……どうしました」

「涼子さん。その顔、素敵ですね」

「は？　いつもと一緒ですが……」

「いえ、素敵ですよ。それじゃあ」

手をひらひらと振って、加賀先生は何もなかったように去っていく。その背中を眺めながら、私はしばらく先生の言葉の意味がわからずにいた。

「あ、今、もしかして……」

そして、私は自分が笑っていたことにようやく気がついたのだ。何年もできなかったことだったのに、できるようになる瞬間というのは呆気ないものだ。


しかし。

今年のシラス祭は中止になってしまった。直撃した台風のせいで漁に出られず、振舞うためのシラスを用意できなかったのだ。

「せっかくの苦労が……」

二階の窓の外から、鈍色の空とざぶんざぶんと白い飛沫を挙げながら荒れ狂う海を眺め、唖然《あぜん》とする。

「涼子、ぼさっとしてんでねぇ！」

ぴしゃりと言ったのは祖母だ。ぴんと背筋を伸ばして、腕を組んでいる。私と違って落ちこむ気配もない。

「来月はあんこう祭だ。今のうちに、オムライスをもっとよくすんべ！」

祖母は本当にすごい。まっすぐで、へこたれなくて——私は、またひとつ、変わりたいところを見つけた。祖母の跡を継ぎたいなら、私も祖母の強さを見習わなくては。

◆◆◆

そして十一月下旬のある日。大洗あんこう祭が始まった。

私たち大洗で店を構える者にとっては、一年で一番忙しい日だ。大洗で一番高い建物であるマリンタワー前の本会場は、大勢の人であふれかえっていて人口密度がとてつもない。お客さんのほとんどはアニメのファンだ。大洗のみんなの努力の成果か、ありがたいことにリピーターも増えているらしい。

私は母と本会場に出店して、テントの下でシラスオムライスを売っている。当然、あんこう祭前日と当日の松川荘《うち》は満室だが、あっちは祖母と父に任せてある。

出店しているのは、大洗で営業をしている会社やお店が多い。あんこうのドブ汁やから揚げ、シラス丼など、さまざまな大洗グルメ、またアニメに名前だけ登場した「ほしいもパスタ」を出しているお店もある。

去年までは、特に目玉メニューもなく、ただ周囲の熱気に気圧《けお》されていた我ら松川荘だが、今年はシラスオムレツのお陰で胸を張れる。

こういった場では、相変わらず笑えない私なのだが、あんこう祭の場合は免罪符がある。それどころか、一年の中でも数少ない「怖い顔をした方がよい日」だと言われている。

「お姉さん、ほんとあの子に似てるね～」

あんこう祭の当日、私は、アニメに登場する無表情キャラクターのコスプレをすることになっていた。これが美沙を除く皆川家全員の家族会議で知恵を絞って生まれた苦肉の策だった。この年でミニスカートは恥ずかしいが、それを除けば黒のジャケットに赤のスカートと、決して奇抜な服でもないので、そこまでは気にならない。自分ではよくわからないが、そこそこウケているようで、こうして声をかけてくれる人も少なくない。

お客さんにかけられた声に対し、私は正しい反応というものがわからない。なんとなくうなずくと、それはそれでウケてくれる。照れ臭い感じはするが、私のことを覚えていて、わざわざウチの店を選んで来てくれるリピーターの人もいるのはとても嬉しかった。

「涼子さん、お久しぶりです。私、本当に会いたかったんです。握手って……お願いしてもいいですか？」

「え？　えっと……はい」

「きゃー、涼子さんと握手しちゃった！」

「よかったねぇ」

友達と盛り上がっている女の子を見て、あの子は本当にそれでよかったのかと思うが、喜んでくれるならいいかと思うしかない。

「涼子、ほんとに人気者だねぇー」

「……からかわないでよ」

母が炊きこみごはんをよそいながらニヤニヤとしている。正直こそばゆい。それでも、今年のあんこう祭は、しらす祭の無念の分、いつもより一層力が入った。


驚いたことに、その日の宿泊客が「写真のファンです」と言って、祖母に握手を求めていた。はるばる他県からやってきた、若い女の子。私からすれば、祖母は普通のおばあちゃんなのに。

SNSの発信というヤツは侮れない。私はこれを、祖母のように使いこなせるのだろうか。ポケットの中にある、買ったばかりのスマホを握りしめ、不安を覚えた。

お客様の食事も一段落したころ、自分の部屋に戻ろうとしていた祖母を、呼び止める。

「ごめん、おばあちゃん。私もこないだ、SNSの写真、見ちゃったんだ」

「ああ、別に。先生が見してくれたんだろ？」

「うん。でも、すっごくいい写真だったよ。おじいちゃんが撮ったみたいで」

亡くなった祖父は、公務員をする傍ら写真を趣味にしていた。いや、趣味というよりも副業に近く、私家版《しかばん》ながら何冊か写真集も出している。私はそんな祖父が大好きで、なんでもできる完璧な人だと誇らしく思っていた。今思えば、祖父にはヌケているところもあったし、趣味に没頭するタイプだったから祖母はわりと大変だったのかもしれないが。

「写真はじっじの趣味だったかんなあ……撮りながら、じっじのこと、いろいろ思い出すんだ」

私はおじいちゃんっ子だった。皆川家の人間では珍しく、常にやさしく穏やかで。いろいろなことを私に教えてくれたのも祖父だった。あの祖父の孫でなければ、きっと私は大洗にこだわらなかっただろう。もしかしたら今ごろ、東京に出ていたかもしれない。

「カメラなんかわかんねえと思ってたけど、やってみっと意外といいもんだ」

祖母は噛みしめるように言う。何かというと家族のことはほったらかして写真を撮りに行ってしまう祖父に、いつも文句を言っていた祖母らしくない発言だった。もしかしたら、生きているうちに一緒に写真を撮っていたら……と後悔の気持ちがあるのかもしれない。

「そうだね……」

「じいちゃんと一緒の墓さ入ったときに、ばっぱの写真を自慢してやんだ」

そう言った祖母を見て、私はこぶしを握り締める。後悔する前に自分の思いを、民宿を継ぐことへの覚悟を言わなくては。

「ねえ、おばあちゃ……」

「涼子、おめぇはよーく考えろ。意地だけで自分の将来を選ぶんでねぇ。じゃねーと絶対に後悔すっから」

そう言った祖母の目は、いつになく真剣だった。

◆◆◆

あんこう祭が終わればお墓参りだ。毎月二十一日は祖父の月命日。私は祖母の許可を得て民宿の仕事を抜け、墓地にやってきた。

水戸の駅にほど近い場所に位置する薬王院《やくおういん》。そこに祖父は眠っている。

母は今日は、私の代わりに民宿の仕事を手伝ってくれている。父はいろいろやることがあるらしい。祖母には「今じいさんに報告することはねぇ」と拒まれてしまった。まあ、いつものことだ。みんなそれぞれ、照れ屋で不器用なのだ。

「あれ？　先に誰か来たのかな？」

墓前に綺麗な花が飾ってあった。家族は誰も来ていないはずなのに。不思議に思いつつも、私は線香の準備を始めた。

最近は墓前で祖父に報告することも増えた。

「大洗おもてなし会議」は、先生と一緒に「足元のことを変えていく」と言って始めたことだけど、私自身も少しずつ変わり始めている。

まさか、笑うことができるようになるなんて夢にも思っていなかった。祖母の意外な趣味を知ることだってできた。私はこの町で生きていきたいと、これまでよりも強く願っている。

そして、祖父の愛した大洗が、以前の賑《にぎ》わいを取り戻すためにできることをしたいという希望も生まれた。

「……おじいちゃん……私、頑張るよ」

お参りを終えて帰る準備をしていたところ、目線の先に見知った人の姿が見えた。

「うそ⁉」

加賀先生だ。私は思わず近くの墓石の影に隠れて、そっとその様子を窺う。先生らしからぬ神妙な表情をしていた。

近所ならともかく、この墓地は水戸市にある。大洗から車を走らせて二十分もかかる場所だ。東京からやってきた先生が、なぜ水戸の墓地にいるんだろう。いったい、なんの縁があってこんな場所に。

「って……全然気にならない。気にならないから」

自分に言い聞かせるようにぼそぼそと口の中で呟き、気配を消して逃げるようにその場を立ち去った。何も悪いことをしていないんだから、堂々と挨拶すればいいのに。なぜか、それができなかった。

議題4 町の新習慣とストーカー!? について

夕暮れどきの大洗は、かつての姿とは違う。

ところどころに松の植わった曲がり松商店街には、明らかに遠方から来たと思われる若い子たちが、地図を片手に散策している。それぞれ背格好はバラバラで、服の趣味も全然違うけれど、仲はよさそうだ。

その子たちは、私とすれ違いざまに笑顔で挨拶をしてくれた。きっと、アニメの聖地巡礼目的だ。そのアニメのロケ地である大洗町は、アニメのテレビ放映と劇場版公開の二度に渡るヒットでさらに賑わいを増している。

アニメは大洗を細部にわたって綿密に再現してくれた。それこそ、看板の細部まで表現されているので、まるで、アニメの出来事が現実なんじゃないかと錯覚してしまうくらいだ。

今、大洗の町にある多くの店舗には、アニメに登場するキャラクターの等身大に近いパネルが置かれている。しかも、メインのキャラクターだけではなく、あまり活躍のシーンのないマイナーなキャラクターも多い。

店によっては、自分の店に飾っているパネルのキャラクターを我が娘のように扱う。もはや、大洗と「アニメの聖地」であることは切っても切り離せない。

大洗あんこう祭は、東日本大震災のあった二〇一一年には来場者数が三万人まで落ちこんだ。その後、二〇一二年のアニメ放送をきっかけに六万人と二倍に膨れ上がった。そして、劇場版公開後に十万人。

震災で死に体になっていた大洗は、あのアニメで息を吹き返すきっかけを得た。確かにアニメの放映以前とは変化した場所も多いが、こうした新しい大洗の姿も、私は好きだ。最近は特に、そう思うようになった。

小野さんは大洗に命を救われたと言ってくれた。アンディは、大洗に訪れる聖地巡礼者は大洗を『帰る場所』と言うと教えてくれた。あんこう祭が人気を保っているのも、大洗が来る人を家族のように迎え、『帰る場所』になれているからだろう。

小野さんやアンディとの新しい出会いのお陰で、この土地がいろいろな人に腕《かいな》を拡げてやさしく受け入れる場所であることが、私にとっての誇りだと気づかされた。「誰かに喜んでもらうために」今の姿をとった大洗には、ほかとは比べられない価値がある。そして、どんな姿をとろうとも、本質はおもてなし好きな大洗のままなのだ。

でも、と私は考える。

外から来た人を温かく受け入れるのも、お節介なほど他人の世話を焼くのも、大洗の美徳のひとつだ。そう言って、小野さんやアンディみたいな人が褒めてくれても、大洗の人たちは照れて「当たり前のことだ」と言う。改善しつつあるものの、私だって未だにその癖が抜け切らない。これは少し問題なのかもしれない。

これは大洗だけの問題じゃない。そもそも、茨城県民に照れ屋が多いのだ。自分たちの土地の特別な部分を自覚していない人も多いし、わかっていても人に自慢できず、むしろけなしてしまう。

そんな感じで地元へのよくない評価ばかりが積み重なり、よさを発信することができず、茨城県は全都道府県でもう何年も魅力度ランキング最下位。そう、最下位の原因は、県民の謙虚な人柄によるものでもあるのだと思う。照れ屋なのも、謙虚なのも、それ自体は悪いことじゃないけれど、そればかりではいけないこともある。

――たとえば、民宿のように、外から人を呼ぶ商売の場合などは特に。

大洗のよいところをもっと知ってほしい。何かできないだろうか。小さいことでもいい。何かまずは、地元の人に「大洗の魅力を知らせる活動」をしてみたい。

地元の人に大洗の魅力を認識してもらって、訪れる人に自慢ができるようになれば、大洗の持つ特別さや魅力をたくさんの人に知らせることができるはずだ。

こういうときこそ加賀先生だ。あの人は食い意地は張っているが、困っている人の相談を真面目に聞いてくれる。それに、大洗の外からやってきた彼の意見は、必ず参考になるはず。

次の「おもてなし会議」の議題が決まってよかった。夕焼けの中を歩きながら、私は息を吐いた。ふと、祖父の墓参りで先生を見かけたことを思い出し、首を振って頭からそのことを追い出そうとする。せっかく決まった議題だ。余計なことはいったん忘れることにしよう。

◆◆◆

水曜日。

「はい、どうぞ」

先生はいつものようにコーヒーを淹れてくれる。だが、いつもよりも落ち着かない様子でチラチラと何度もこちらを見てきた。なにやら、話しかけてほしそうだ。

「先生、どうしたんですか？」

「聞いてくださいよお」

先生は「よくぞ聞いてくれました！」と言わんばかりの表情で振り返る。だが、その顔は一瞬で、すぐに何か悲しいことでも思い出したのか「しゅん」としてしまった。まるで耳としっぽを垂らす大型犬のようだ。

「なんです、何事ですか？」

こんな真剣な顔で困っている加賀先生は見たことがない。何があってもたいていのことはへらへらとしてやり過ごす加賀先生が、今にも泣きそうで、すがるような顔で私を見上げている。もしかしたら大変なことがあったのかもしれない。この間のお墓のことに関係があるのかも――！

「私にできることであれば」

「うう、涼子さん……なんてやさしい……」

先生はずずっと鼻をすする。気のせいか、目も赤い気がする。とても心配だ。

「実はですね……お恥ずかしいことなのですが」

「言いにくいことなら無理しなくてもいいです。話せるときに聞かせてくださ――」

「いいえ！　いいんです。言わなくては、この問題は打破できないので……」

しばらく沈黙が流れる。やがて、加賀先生は力なく回転椅子に腰を降ろすと、がくりとうなだれた。

「太って……しまったんです」

「帰ります」

聞いて損をした。加賀先生のことを頼れる人間だと信頼していた自分が恥ずかしい。それに、今だって十分痩せている。世の中の体型維持に頑張る女性たちにケンカを売っているとしか思えない。

「違います、違うんです涼子さん！　おなかの方がですね……！　それに、このままのペースで増え続けたら、一年後にはぽよぽよになっちゃうんです!!」

先生は私に追いすがって切迫した表情を見せる。こんな加賀先生を見るのもはじめてだ。

先生はみつだんごを食べるときも、プリンを食べるときも、ランチで大盛りごはんを平らげるときも、地酒を楽しむときも、どんなときも笑顔だった。

——全部食べ物関連だ。

そう、先生はいつだって笑顔を振りまきながら大量にごはんを食べている。

「あれだけ食べたら太るに決まってるじゃないですか！」

「ダメなんです、太り過ぎたら、健康じゃなくなったら」

「なったら？」

「……今までどおり、ごはんが食べられなくなっちゃうじゃないですか！」

そう言いながら、先生はいちごのタルトを口に運び、おいしい～と悶《もだ》えている。言っているそばからこれだ。まるで痩せる気がない。

「それじゃあ運動しましょう」

「うっ！」

運動という言葉に加賀先生は動きを止める。

そういえば、先生が食べ物関係以外で町をうろついているのを見たことがない。

「これでも最低限の筋トレはしているんですが……」

先生は全体的に細いので、それはそれで意外だったのだが。

「最低限にも足りないから太ったんでしょう！」

「ひどい、ひどいです、涼子さん……あんまりです……」

「じゃあ、一緒にサーフィンでもします？」

大洗は波がよいと、サーファーにも人気の土地だ。大洗の海ではサーファーの姿を台風の日以外、ほぼ一年中見ることができる。私も夏場は、初心者にサーフィンを教えるバイトをしている。

「……涼子さん、僕がサーフィンなんて複雑なスポーツ、できるように見えます？」

「……それじゃあ毎朝ジョギングでもすればいいじゃないですか」

あれは嫌これはダメという先生に、いつも以上に話し方がぶっきらぼうになってしまった気がする。

「一応、僕だって考えましたよ……でも、続かないですし」

ばつが悪そうに言う加賀先生。本当に運動が苦手なんだなあと、先生の珍しい表情をしみじみ眺めた。漠然と何でもできるイメージがあったのだが、思い違いだったようだ。思い出してみれば、磯前神社の石段をのぼるときにいつも息を切らしている。

私は頭を押さえ、溜め息をついた。

「じゃあ、続くようにしばらく付き合いますから」

「本当ですか⁉」

「早い時間でよければ……」

松川荘での私の朝一の仕事は朝食の仕込みで、次に忙しくなるチェックアウトまでは少し余裕がある。ジョギングをするなら、その前に朝食の仕込みまでを済ませてしまえばいい。

「その代わり、絶対に続けてくださいね」

こうして、私に新しい習慣が生まれたのだった。

「しまった、加賀先生に相談できなかった……」

帰り道、自分の中で決めていた今日の議題を思い出して、私は思いきり肩を落とした。

大洗のよさを発信する活動について話し合いたかったのに。でも、これからは毎日顔を合わせるんだし、まぁいっか。

◆◆◆

「涼子さん。本当に今からやるんですか……」

日の出前の磯前神社。加賀先生は、ストレッチを終えても、眠そうにしていた。日の短くなったこの時期だと、六時頃では陽が海からちょっぴり差す程度で暗いのだが、人によっては起きていてもおかしくない時間だ。先生は朝にはあまり強いタイプではないようだ。

「やるに決まってます。まったく……新しいジャージまで用意してるのに」

「いいえ、これは昔買ったものです！　僕は物もちがいいんですよ」

先生は自慢げに胸を張る。その身を包むブルーと白のジャージは、まったく色落ちしていない上に皺もない。足元のランニングシューズもまぶしいほど真っ白だ。となると、これは……。

「物もちがいいんじゃなくて、使ってないだけですよね？」

「うっ、鋭い」

加賀先生はがっくりとうなだれる。

「それじゃあ、ゆっくり走るのでついてきてください」

私は歩道に落ちた松葉を踏みながら、軽く足踏みを始める。加賀先生は今から拷問にでも遭うんじゃないかと言わんばかりに、一歩、また一歩と後ずさりしていた。

「走るって……歩くんじゃなくて？　朝ごはんもまだなんですよ？」

「……置いていきます」

私は文句を垂れ流す加賀先生を無視して背中を向けて走り出す。私なりに気を使って、いつものペースよりかなり遅めだ。

「ひどい！　待ってくださいよ～」

さすがに置いていかれるのは嫌らしく、後ろで加賀先生も走り出した気配がした。

こんな調子で運動になるのかなあ。私は先生に悟られないように、ひっそりと溜め息をついた。

——そのわずか五分後。

「ぜえ……りょうこさ……もう……休みま……しょう」

信じられないことに、私の遥《はる》か後方で加賀先生がダウンした。松葉だらけの地面に両手をついて、ぜーぜーと息を切らしている。手帳を落としたときの追いかけっこを思い出した。そういえば、あのときも加賀先生は盛大に息を切らしていた。

それにしても、ジョギングを習慣づけるどころか、五分ももたないだなんて。

「いくらなんでも冗談ですよね？」

加賀先生は息を整えながら、涙目で見上げてくる。眼鏡がずれていて、より情けなく見えた。

「涼子さんには運動神経が鈍い人のことなんて、わからないんです」

先生はしゅんとしてしまった。だが、お医者さんは頭能労働であり、体力勝負でもあるはずだ。この人はどうやって医者になったのだろう。

「す、すみません。まさかこれほどとは……」

「ぜえ、ぜえ……これほどとか言わないでください……」

加賀先生は、「だから嫌だったんです～」と顔を覆う。改めて聞いてみると、先生は子どものころから足が遅く、周りからもからかわれていたらしい。私は勉強はともかく運動に困ったことはなかったので、確かに無神経だったかもしれない。

結局、おしゃべりをしながら少し速足で歩くことにした。要するにウォーキングだ。今度は先生のペースに合わせることに気をつけた。

海沿いの道を選んで、朝陽を浴びた松の並木の下を歩く。すぐ右を向けば朝日が雲と海を赤く染めている。髪をなびかせる海沿いの風も冷たくて気持ちがいい。

海辺に降りれば、海上にある岩の上に鳥居がそびえている。燃えるような朝陽をたっぷりと浴び、神々しく赤く輝いていた。私と加賀先生がはじめて会話を交わした神磯の鳥居……つまり、大亀さんだ。

「いい景色ですね」

しみじみとした様子の加賀先生。ランニングをウォーキングに変更したら多少は余裕が見えるようになった。

「北関東ではわりと知られた日の出の名所なんです」

言いながら、あ、また照れてしまったと思った。この景色は北関東どころか全国のほかの名所にも決して引けを取らない自慢のスポットのはずなのに、ついつい控えめに言ってしまう。

「僕はすごく好きな場所です。知らない人に教えたい」

先生の顔からは笑みが消え、真剣な表情を見せていた。

「っ!!　……ありがとうございます！」

その表情を見ると、なぜか心がそわそわしてしまう。私はつい、先生から目を逸らした。それは、私が思っていたことと同じだった。私や町の人たちが言えないようなことも、加賀先生はあっさり言えるんだからすごいと思う。

このまままっすぐに海沿いを歩いて漁港に行こう。頭の中で散歩コースを考えていく。でも、胸の中がムズムズして、私は加賀先生の顔を見ることができなかった。

そのとき、先生は何かに気づいたように、ふと立ち止まった。

「涼子さん、その……」

「なんです？」

「いえ、なんでもありません」

加賀先生は、途中で何かを言いかけ、結局やめてしまった。

◆◆◆

『ねえねえお姉ちゃん。先生とデートしてるって本当⁉』

おそらく、母から聞きつけたのだろう。その週末、早速、美沙から電話が掛かってきた。近ごろの美沙は用事がなくても私の浮いた話——と勘違いされているが、そんな事実はない——を聞くために電話をしてくる。

「デート？」

『毎日会ってるんでしょ。お母さんから聞いたよ！』

「うん、会ってるよ。今のところ毎日。まだ三日めくらいだけど」

『うっそ⁉　お姉ちゃんが毎日デートだなんて……信じられないんだけど。で、どう？　どうなの⁉』

美沙はサメのように激しく食らいついてくる。前のめり過ぎて怖い。

「いや、別に普通だけど」

『普通ってことは……手とか繋いだりしてるの？』

どうしてそうなる。いくら加賀先生がどん臭くても、手を引っ張って走るなんて……。なぜだろう。想像するだけでドキドキしてしまう。そういう気持ちはないはずなのに。

「そうじゃなくて、別に何にも……」

『ふたりきりなのに？　じゃあ何してんの！』

「ウォーキング以上ジョギング未満みたいな」

　電話の向こうで美沙が盛大に溜め息をついた。なんで私を置いてきぼりにしてがっかりしてるんだ。

『なにそれ〜。毎朝運動してるってこと〜？　そんなんデートじゃないじゃん！　っていうか友達以下だってできるよ！　スポーツ同好会だよ!!　ひどい、あんまりすぎる……。お姉ちゃんについに彼氏ができたと思って嬉しかったのにい！』

　なぜか美沙にすごい剣幕で責められてしまう。勝手に盛り上がられて勝手に落ちこまれ、挙げ句の果てに怒られるだなんて……とても理不尽な気分だ。

「別に。デートとか、そんなつもりじゃないし……」

　そう、最初からそんなつもりではない。でも、ウォーキングすること自体は、悪くないとも思ってる。

　絶景ポイントや史跡など、お気に入りのスポットを紹介しながら大洗を毎日巡ることができる。ついでに運動もできるし、なかなかいい習慣だと思う。

　先生はまだ知らなかったスポットが多いようで、とても満足そうにしていた。そう言えば、はじめて会ったとき、先生は大亀さんの由緒を知りたがっていた。あのとき、もっと丁寧に教えてあげるべきだったなと今は思う。

「そうだ、これだ！」

『え!?　お姉ちゃん、突然どうしたの？』

「あ、ごめん。なんでもない。私、加賀先生のところに行ってくるね」

『ええ～？　なんで？　さっきはあんなに否定してたのにどういう心変わり？』

「説明は後でする！」

電話を切り、サンダルを突っかけて加賀先生の診療所へと走り出す。地元の人が大洗のよいところを知ることのできるイベント。しかもうまくいけば移住者との交流もできるし、健康にいいというオマケも期待できる。

参加者を募って皆でウォーキングする会を開くのだ。歩きながら大洗の絶景や史跡に触れればよい。

「加賀先生！」

「涼子さん？　どうしたんですか」

診療所の休み時間にカツサンドを食べていた加賀先生を捕まえ、思いついたアイディアを話した。

「なるほど。そんなことを考えてたんですね……確かにいいアイディアです」

「先生ならそう言ってくれると思ってました。なら実行に移しま……」

ここでネガティブなイメージがよぎる。

「？　どうしました」

「いえ、募集をしても参加者ゼロとか……ありえるかな……って」

こういうときに、美沙がいてくれたらなと、ちらっと思う。美沙は私と違って社交的で、人を集める役にはうってつけの子なのだ。まあ、あの子は地元が嫌いなので、いても手伝ってくれなかったと思うが。

「それより涼子さん、落ち着いて聞いてほしいんですが……」

「はい、なんでしょうか？」

「涼子さん、しばらく朝の散歩はやめにしませんか？」

「……は？」

思わず顔が引きつった。先生、たった数日でもう？　それはあんまりだ。

「一週間ももたないなんて……」

「い、いや。そうじゃなくて……！」

先生は一度コホン、と咳ばらいをして姿勢を正す。顔には心配の表情が浮かんでいる。

「気のせいかな、とは思ってたんです。でも、今朝の散歩でも感じたので、無視ができなくて……」

「なんですか？　もったいぶらないで教えてください」

「その……涼子さん、誰かに尾《つ》けられていませんか？」

意外過ぎる発言に、私はついぽかんと口を開けてしまった。

「いや、私が？　あるわけないです。違います」

「そんなこと言わないでくださいよ。涼子さんってお綺麗ですし。気になる人も多いんだと思います」

「は？」

私は、さらなる衝撃の発言に、もっとぽかんとしてしまった。

「誰かに尾けられるのは二度とごめんですけど」

「涼子さん、そんな経験があったんですか？」

「……誰に尾けられたと思っているんですか」

私は思いっきり睨みつける。以前の手帳の件、先生はすっかり忘れているようだが、私はちゃんとその恐怖を覚えている。背後から尾けられて、特に息を切らされると、とても怖いのだ。

「だって、ふたりで歩いてたし、加賀先生のストーカーじゃないんですか？」

昨今は女性のストーカーだって珍しくないという。むしろ、町での先生の人気っぷりを思うと、熱心すぎるファンがいてもおかしくない気がする。大洗の人がストーカーなんてことをするとは思いたくないが。

「僕？　さすがにそれはないと思いますけど……」

「とにかく、サボるのはダメです。あとストーカーは見つけ次第倒します」

「あの、それはやっちゃダメですからね？」

私が手の関節をボキボキと鳴らすと、先生はぶるぶると小動物のように怯えて縮こまってしまった。ストーカーを相手にしたら、すぐにコテンパンにやられてしまいそうだ。昨今はストーキングから大変な事件に発展することもあるというし、私が守ってあげないと……。私は密《ひそ》かに決意していた。

◆◆◆

そして翌朝の六時半。まだ暗い中、私たちは磯前神社前に集まった。

「涼子さん、本当に。本当に大丈夫でしたか？」

「だから、尾けられているのは私じゃないですって……。先生こそ大丈夫でした？」

「いや、僕ではないと思うんですが……」

あれから、私はもちろん、先生も特に視線を感じたりなどはしていないそうだ。

「涼子さん、考えたんですが。朝のウォーキングも大人数で行動すれば、ストーカー対策にもなるかもしれません」

加賀先生はいつもの眠たそうな顔ではなく、シャキッとした顔であごに手を当てている。

体を動かすより考える方が好きなんだろうなあ。これからは歩く前に一度算数の問題でも解いた方がいいのかも。私はそんなことを思いながらうなずく。

「なるほど。やっぱり人が集まるまでサボるつもりですか」

「ち、違いますってば！　僕が提案したいのは、今日から、歩きながら一緒にウォーキングする仲間をスカウトしましょうってことで……！」

「スカウト、ですか？」

私は目をぱちぱちとまばたきした。加賀先生が予想外のことを言い出したせいで、怒るどころではなくなってしまった。

「そう、スカウトです。こんなに早くても、意外と人って多いじゃないですか」

「先生と違って健康に熱心なんですよ」

本当は漁で早起きしている家庭がちらほらあるからだと思うが、つい意地悪を言ってしまった。

「うっ！　……運動のことになると、キツいですね……涼子さん」

「すみません、今のは失礼でした」

やってしまった。言葉がキツすぎた。視線を露骨に逸らす加賀先生に、私は慌てて口を押さえる。

運動が苦手な人はトコトン運動が嫌いだ。冷静に考えれば、私の態度はかなり無遠慮だったと思う。次に厳しく言うとしたら、先生がサボろうとしたときだけにしよう。

「とにかく、そういう人に声をかけて、よければ一緒に歩きませんか？　って聞いてみるんです」

「怪しまれませんか？」

私ならば、知らない人から突然そんなことを言われたら、睨みつけてしまいそうだ。だって、意味がわからないし、怖いし。

「大丈夫だと思うんですが……とりあえず実行してみましょう！」

そう言って、先生は元気よく歩き出した。毎朝このテンションならいいのに。

確かに周囲を見渡してみれば、朝陽を浴びながら朝の大洗の町を歩いている人は多い。ジャージを着てウォーキングをしている人もいれば、犬の散歩をする人もいる。毎日にように見ている港町の風景だが、朝の海辺を散歩するのは、とても気持ちがいい。松の香りに混じった潮風が吹き、海がキラキラと綺麗でさわやかな心地だ。

「おはようございます」

「ああ、涼子ちゃんに先生、おはよう」

私が最初に声を掛けてみたのは、犬の散歩をしている顔見知りの奥さんだった。名前は確か、会澤《あいざわ》さんだったと思う。長いパーマのかかった髪が特徴の、やせ型の上品な雰囲気の女性で、ぬいぐるみみたいなポメラニアンを連れている。旦那さんが漁師で早起きなので、付き合って早起きしているのかもしれない。声は掛けてみたものの……。

「……さすがに犬のお散歩をしている人は誘えない、ですよね……」

私は会澤さんには聞こえないよう、小さな声で先生に言う。犬の散歩となると、ただ歩く人とはペースが違ってしまうだろうし。しかし、先生は気にせず会澤さんの側へ寄って行く。

「僕たち、今度から散歩の会をするので、よければ参加されませんか？」

加賀先生、それ言っちゃうの!?　と思ったが、会澤さんは意外と反応がよい。

「あら、いいわね。わんちゃんのお散歩だけじゃ、もの足りないと思っていたのよ」

「僕たちは毎日歩くつもりですが、基本的に自由参加です。今度チラシを作るので、よければお友達にも宣伝してほしいです」

そう言って、加賀先生はさわやかな笑顔をまき散らして会澤さんから去っていく。

とてもじゃないが、「運動は嫌です、でも痩せたいです」といちごタルトを食べながらごねていた人物には見えない。まるで詐欺だ。そう、詐欺の現場だ。

「あ、先生、さっき毎日歩くって言いましたね？　言いましたよね？」

「……その、自分を追いこみたくて……そ、それより、涼子さん、今の、結構いい感じです。どんどん誘っていきましょう！」

話題を逸らすように、先生は私に提案する。勧誘だなんて苦手分野だけど、ウォーキングの会をしたいと言い出したのは私だ。先生に任せてばかりはいられない。

私が次に声をかけたのは、中学生ぐらいの女の子だった。黒く長い髪をポニーテールにして、歩く度にゆらゆらと揺らしている。

「おはようございます」

女の子は、私の声に、露骨にびくんと肩を震わせてから、ぎこちない様子で振り返った。

「え？　っ⁉　お、おは、おはようごじゃいましゅ……！」

ひどく噛み噛みの口調で女の子は目をぐるぐると回している。ああ、と思い当たった。私にはわかる。この子は多分、コミュニケーションが得意じゃない。

「にゃ、ぐっ……な、なんの用です」

女の子は唇を噛みながら睨みつけるように加賀先生を見上げる。私には目もくれない。

「私たち、町のみんなでウォーキングする企画を立てていて」

「あ、あなたには、きき、聞いてないいんですけど？」

声をかけたのは私なのに、がぶりと噛みつくような返答。コミュニケーションが苦手なのに、なぜか攻撃力だけは一人前……身に覚えのある症状に、いたたまれない気持ちになってくる。間違いない。この子は私と同じタイプだ。

「えーと、よければ一緒にどうかなと思って」

「……っ」

女の子は何か言いたげにまだ唇を噛んでいる。自分の経験を踏まえて想像すると、この反応は……満更ではない提案なのだが、一度攻撃的になってしまったから、誘いに乗る手段が見つからないのではないかと思う。運動が苦手な気持ちは正直よくわからないが、コミュニケーションが苦手な気持ちなら、とてもよくわかる。

こういうとき、私をのせるのが上手い美沙と加賀先生の手口を思い出してみると――

「全然人が集まらなくて……せっかく考えた企画だからぜひ実現したいんだけど。お願い。協力してくれないかな？」

こんな感じか。

「ほ、本当ですか？　な、ならしょうがないです！　あう、げほっ、げほっ」

と、案の定女の子は嬉しそうにどんと胸を叩いた。その後、思いっきりせきこんでいる。気持ちがわかりすぎてつらい。誘われて嬉しかったのだろう。

結局、その日のスカウトの戦果は会澤さんと、その女の子だけだった。彼女の名前は青山千鶴《ちづる》ちゃんというらしい。

あとから聞くと、加賀先生は診療所で千鶴ちゃんのお母さんと少し話したことがあるという。お父さんの転勤で大洗に越してきたばかりだそうだ。あの様子だと、学校にもあまり馴染《なじ》めていないのかもしれない。

だけど、複数人数化によるストーカー対策効果はあったらしく、先生は今日も、例の視線を感じなかったそうだ。そもそも、本当にストーカーなんているのだろうか。

私はウォーキングの会の細かいルールを決め、ポスター作りやビラ配りを始めた。

ポスターには、参加は許可制ではなく、参加したい人は所定の場所に自由に集合すること。マンネリ化を防ぐため、複数のルートの地図を記載しておいた。

ポスターを貼る場所は、人の集まる公民館や、近所のスーパーやコンビニなど。スカウトすることを思えば、少しでも存在を知っておいてもらった方がいい。せっかく貼っても人が集まらないと無駄になるなんてことを、考えている場合ではない。

◆◆◆

そうして迎えた、ウォーキング会初日の朝。

幸い、綺麗に晴れた空の下。集合場所の磯前神社前には、数えると十五人もの人が、ストレッチやおしゃべりをしながらゆるく待機していた。千鶴ちゃんは、その輪から外れて居心地が悪そうな顔でうつむいている。あんな顔をしていても、いやいや参加しているわけではないはずだと、似たもの同士としては思う。

メンバーの顔ぶれは、下は千鶴ちゃんから上はおじいさんまでと、年齢も性別もいい感じにばらけている。始めにスカウトした、犬を連れていた会澤さんも、今日はジャージ姿で娘さんと一緒に参加をしている。ほかにも数人は、私たちが散歩中にスカウトした人たちだ。

「すごい、たくさん来てる」

「すごいですよ涼子さん！　とても頑張りましたもんね」

私は、がんばりの成果が現れたことにじーんとしてしまった。

「やっぱし涼子ちゃんと加賀先生って、付き合ってるの？」

と、ここで今日は犬を連れていない会澤さんが信じられないことを言い出した。

「涼子ちゃんと先生はいっつも一緒にいっぺよ」

「知らねーの？　噂になってっぺよ」

と、ペアルックのジャージで参加してくれた老夫婦。

「お似合いだっぺ～」「だっぺだっぺ」と、周りの人も一様にこの反応だ。ただ、千鶴ちゃんだけが唇を嚙んで無言でこちらを睨みつけている。この子は加賀先生のファンなのかもしれない。

「ち、違いますよ。私と先生はあくまで利害関係が一致しているから一緒にいるっていうか。ね、先生！」

私は顔が赤くなるのを感じながら、先生に助けを求める。

「いや〜。嬉しい噂ですね〜。涼子さんの作ってくれるご飯やお菓子はとってもおいしいですし」

最悪の答えだった。周りが騒然とする。

だいたい、先生は何食べたっておいしいって言うくせに。足を踏みつけてやりたい衝動を押し殺し、先生を思いきり睨みつけてから、私はウォーキングをスタートした。

年齢や地区がバラバラな人同士も、一部の例外を除いてコースをまわり終わるころにはすっかり仲よくなっていた。

その例外というのが、千鶴ちゃんだ。

彼女は相変わらず居心地悪そうに隅でぽつんと立っている。誰かに話しかけられてもうまく返事ができず、自分から孤立することを選んでしまっていた。

なにやら千鶴ちゃんは加賀先生を気に入っているみたいだし、このあと、朝食に誘ってみるのはどうだろう。あったかい朝食と一緒に先生の淹れたコーヒーを飲めば、少しくらい打ち解けるかもしれない。そう私は考えた。

「ねえ、千鶴ちゃん」

「は、はいぃ？　何の用ですか！」

「家の人がＯＫしてくれたらだけど、一緒に朝ごはん食べない？」

「あぇ？　げほっ、朝ごはん……ですか」

千鶴ちゃんはこっちを見てゴクリと唾を飲み込む。

「涼子さんの朝ごはんですか!?　行きます、絶対に行きます！」

加賀先生がずずっと割りこんでくる。聞いていたのか。相変わらずの食い意地だけど、千鶴ちゃんのためにも来てもらえるのはありがたい。

「千鶴さん、涼子さんはとってもお料理が上手なんです。食べなきゃ絶対に損ですよ！」

「……はあ」

千鶴ちゃんは、グイグイくる先生にどう反応していいか、眉をひそめている。この、一見感じが悪いとも見える表情。たぶん困っている。もうひと押ししてみよう。

「実は、民宿の朝食の新メニューを試したくて……誰かの感想が聞きたいんだけど。頼めないかな？」

「喜んで！」

「先生には聞いていません」

私と先生が漫才じみたやりとりをしている間に、千鶴ちゃんはスマホを取り出してちょいちょいと操作する。今時は中学生も持っていて当たり前と聞いていたが、目の前で操作しているのを見ると、改めて時代の変化を思い知る。美沙だってスマホは高校生になってからだったのに……。

「親に連絡しておきました。よろしくお願いします」

千鶴ちゃんはぺこりと丁寧に頭を下げた。感情表現は苦手でも、礼儀はちゃんとしている子だ。

「さて……どうしよっかなあ」

本来は存在しない新メニューを作り出すのは、なかなか骨の折れる仕事だ。しかも、運動のあとでおなかを空かせた女子中学生と、おまけの食欲モンスターが待っていて、ゆっくり考えている時間はない。

母はまだ寝ているし、父は漁に行っている。祖母は朝のテレビに好きなアイドルが出ずっぱりらしく、頼ることはできない。

本当は、先生も千鶴ちゃんも松川荘《うち》の朝食なんて知らないので、既存のメニューでも誤魔化せるが、それはさすがに気が引けた。嘘をついてしまったのだから、せめてもの罪滅ぼしに、嘘をギリギリまで本当に近づけたいのだ。

「これしかないか……」

冷蔵庫の中身をざっと見て、頭をフル回転させる。

コンロふたつをフル稼働させ、目玉焼きとベーコンを焼きながら、作ったタネをフライパンに流す。白いワンプレートにサラダを盛りつけ、焼き上がったものを次々のせていった。

松川荘の食堂からふすまを挟んで隣の畳の部屋が、皆川家の居間だ。いつも、私たち家族はこの部屋のこたつ机で食事をとるのだ。ふすまを開けば、食堂の大きな窓から朝陽がたっぷりと入ってくる。

「お待たせしました」

私は千鶴ちゃんと先生の前にそれぞれプレートを置く。パンケーキと目玉焼きとカリカリのベーコン、それにサラダを添えた。卵には小美玉でとれたての新鮮なものを使っているし、サラダは県産の新鮮な野菜だ。パンケーキは、ほわほわと湯気を出していて、ガラスの器によそった筑波《つくば》産のりんごジャムを添えたら、即興にしてはなかなかよいメニューができた。

「パンケーキには、お好みでジャムを使ってください」

「わあ！　洋風ですね」

先生がはしゃいだ声を上げる。パンケーキにしたのは、加賀先生を満足させられそうな量のお米を炊いていなかったからでもあるのだが、そこは伏せておく。

「千鶴ちゃんはパンケーキ、好き？」

「ま、まあ……そこそこ」

千鶴ちゃんは目をキラキラとさせてプレートを眺めていたのだが、声をかけられてぷいっとそっぽを向いてしまった。この反応は「とても好き」という感じなのだろう。

「いただきまーす！」

先生は早速手を合わせると、パンケーキを頬張り始めた。千鶴ちゃんも無言で手を合わせて、パンケーキをもぐもぐと食べ始める。

「涼子さんのお料理は本当においしいですね」

「先生は料理なら何でもおいしいの間違いでしょ」

「そんなことないですよ、おかわり！」

「っ……」

千鶴ちゃんは加賀先生を見て、何かを言いかけてやめてしまう。残念ながら、千鶴ちゃんの言いたいことが何かはわからない。けれど、せめて、「がんばれ」と言いたくて、コミュ障仲間としてエールを送った。もちろん心の中でだが。

「……私にもおかわりください」

千鶴ちゃんは顔を真っ赤にしながら、からっぽの皿を差し出してくれた。

「はい、喜んで」

私はなるべく千鶴ちゃんを怖がらせないように、努めて穏やかな声を出した。情けない話だが、年下の子の余裕がない様子を見ていると、なぜかこちらに少し余裕が生まれる。なぜか、加賀先生は、穏やかな表情でこちらを見ていた。


「ふー、おなかいっぱいです」

先生がようやく満足気にフォークを置いた。あれから、散々おかわりを焼く羽目になってしまったのだ。そのほとんどが加賀先生の分だった。

「千鶴ちゃんはそろそろ学校かな？」

聞くと、千鶴ちゃんはあからさまにしょんぼりした様子で下を向いている。やっぱり、転校したばかりだからか、学校で上手くいっていないのかもしれない。

「また、一緒に朝ごはん食べよう」

「僕もいいですか!?」

「……先生は、今度からお金取りますから」

きっちり釘を刺しておく。今回は安上がりな材料だったし、こちらから誘ったのだからいいが、連日となると商売あがったりだ。祖母の民宿経営に負担はかけられない。

「嬉しいです。いや～、毎日タダだと気が引けるのでよかったです。これから、よろしくお願いします」

私は「ぐぬぬ……」と唸ってしまった。知ってはいたが、彼には嫌みが通じない。

「えっと、その……」

「大丈夫、千鶴ちゃんはタダでいいから」

千鶴ちゃんが言いかけるのを制止する。彼女は、少し恥ずかしそうにうつむいていた。

「先生の朝ごはんは民宿が暇なときだけですからね！」

と、まあ、新しい仕事はできてしまったものの、ウォーキング会の初日は上々の成果なのだった。


その日の夕方、私は漁協がやっている食堂の手伝いに出かけていた。

思ったよりやることが多く、遅くなってしまった。最近ではすっかり日も短くなっていて、夕方六時にもなれば外は真っ暗だ。

あれ、と思い振り返る。後ろから足音がした気がしたのだ。

また加賀先生かもしれないと思ったが、息切れが聞こえない。でもやっぱり誰かいる気がしてもう一度振り返る。誰もいない。

「……」

ストーカーかもしれない、と加賀先生が言っていた。本当に？　いやいや、まさか。そう思い足を速める。だが、それに合わせて足音がする。違和感が抜けない。恐怖が胸をよぎり、思わず走り出した。が、すぐに誰かにぶつかってしまう。

「涼子さん？」

「っ、先生……！」

正面に立っていたのは加賀先生だった。またか。手帳の件から数えて二度目か。今度こそ絶対に許さない。私は眉がつり上がるのを感じて先生に食らいつく。

「脅かさないでくださいよ！　怖かったんですから」

「え？　どうしたんですか」

先生は何もわからないという様子で首を傾げている。

「とぼけても無駄ですよ。私のこと、後ろから追いかけてたでしょう！」

加賀先生は驚いたように黙りこんでしまう。そして、あごに手を当てて真剣な顔をし始めた。予想していたリアクションと違い、私は戸惑う。

どうやら、今回の犯人は先生ではないみたいだった。

「やはり、僕の気のせいではなかったみたいですね」

「いえいえ、そんなわけ……」

ふたりで並んで歩きながら、松川荘《うち》を目指す。

大人の男性が来たせいか、謎の気配は消えていた。それに安心して、こんな弱そうな人でもストーカー除《よ》けになるのか、と失礼なことを思ったりする。

「いいですか、涼子さん。今後、暗くなってからはひとりで歩いちゃダメです」

「そんな、考えすぎじゃ……」

「誰も迎えがいないようなら、診療の終わる六時半以降なら僕を呼んでください」

それじゃあ朝も夜も加賀先生と一緒になってしまう。

「拒否は認めません。わかりましたね？」

「……はい」

先生は患者さんに言って聞かせるような調子で、私に言った。いつもと違う表情に、はからずもドキッとしてしまう。最近は情けない場面ばかり目立っていたが、ウォーキング初日の日の出を見たときのように、こういう表情もするんだなあと発見した気分だった。

◆◆◆

一週間後、ウォーキング会の参加者は、減るどころか大幅に増えていた。磯前神社前には、朝から二十五人が集まっている。それを受けて、以前から用意していた二種類のルートを使い、ペースごとに「お散歩」「ジョギング」の二グループに分かれることになった。

初日と比べて、女性の参加者がやたら増えている。恐るべし、加賀先生効果。

「あら〜、涼子ちゃん。おはよう」

「おはようございます」

会澤さんが挨拶してくれた。周りにはその友達のマダムたちが集まっている。かなり顔の広い奥さんだったようだ。

彼女は初日から皆勤賞だ。だが、そんな人は少なくない。あの加賀先生だって、一度も休んでいないのだ。

「みなさん、続いてますすね」

「みんなとやるから続くのよ。お陰で健康になった気がするわ。景色もきれいだしね〜」

と、会澤さんは嬉しそうに笑う。なるほど、大人数だから続くというのはあるかもしれない。それに、景色のことを言ってくれるのは嬉しい。地元の人に大洗のよさを伝えるという、本来の目的も充分に果たしていると思う。

「……お、おはようございます」

千鶴ちゃんも毎日参加してくれている。相変わらず下を向いたまま挨拶をしているけど、その気持ちは痛いほどわかる。

だけど、彼女はなぜか最近、やたら加賀先生を睨みつけている気がする。最初は先生のことが好きなのかもしれないと思ったけど、なんだか日に日に視線に混じる敵意が増しているような気もする。

彼女のコースは、私と同じ「ジョギング」だ。

「千鶴ちゃんも頑張ってるね」

「……いいえ。別に」

彼女はぷいっと視線を逸らしてしまう。照れ隠しだろう。

「あの、涼子さん……お話があるんですが。今日の朝ごはん、アイツ抜きにしてくれませんか？」

千鶴ちゃんは下を向いたまま私のジャージの裾をちょんと摑んだ。別のグループで談笑している加賀先生を親指で指さす。

「……人をアイツとか言っちゃダメだよ」

一応、大人として模範的なことを言っておく。だけど、内心では外面《そとづら》のよさで町の人気者の先生が「アイツ」呼ばわりされていることが少しおもしろかった。それと同時に、町で唯一先生を好きになれなかった過去の自分が重なって、複雑な気持ちにもなる。

「そうだね。今日は女子会しよっか」

千鶴ちゃんは視線を逸らしながら何やら口をモゴモゴとさせていた。

女の子だけなら、とびきり張りきったメニューを作るのもいいかもしれない。千鶴ちゃんはどんな料理なら喜んでくれるだろう。私は以前美沙に教えてもらった、東京のオシャレなカフェのメニューに思いを巡らせた。

「エッグベネディクトっていうんだって。見様見真似《みようみまね》だけど」

「……っ、いただきます」

千鶴ちゃんは何か言いかけてやめ、手を合わせてフォークで食べ始める。私もそっと卵にナイフを入れた。ポーチドエッグに閉じこめられていた卵黄が、とろりと白い皿に広がる。

ほとんど無言の朝食だけど、とても心地がいい。私に似たタイプだからか、千鶴ちゃんを妹のように感じる。妹の美沙は私とは性格が真逆なせいか、妹というよりどこか友達のような関係だし。

「涼子さん……その……」

「うん」

千鶴ちゃんは、下を向いたまま思いつめたような顔をしている。

美沙や母なら、「どうしたの？」なんて器用な言葉をかけられるけど、私にはそれができない。黙って待つしかなかった。

「あの……」

千鶴ちゃんは顔を真っ赤にしながら、口をモゴモゴとさせ、ようやく意を決して立ち上がった。

「涼子さん、わ、私に！　サーフィン、教えてくれませんか？」

「サーフィン？　いいけど、なんで」

「じ、実は…！　ひ、引っ越してきた日、海を見に行ったら……女の人がサーフィンしていて。それがすっごくカッコよくって……それが、涼子さん……だったんです」

千鶴ちゃんは必死な様子で続ける。褒め過ぎだし照れ臭かったけど、そのひとつひとつの言葉を真剣に受け止めるように努めた。

「……カッコイイだけじゃなくって……ごご、ごはんもこんなにおいしくて……わ、私、なんでもできる、涼子さんみたいになりたいんです!!」

千鶴ちゃん、それはさすがに評価が高すぎる、とは思ったけれど、私も死んだ祖父への評価はそんなものだった。子どもから見て、大人が万能に見えるのは、今も同じなのかもしれない。

「わかった。今はもう寒いし、あったかくなったらサーフィン、教えるね」

このあたりは一年を通してサーフィンができるが、初心者をいきなり冷たい海に放りこむわけにはいかない。

「……本当ですか！」

「それまでは、走って体力をつけよう」

「はい！　頑張ります！」

千鶴ちゃんは気が抜けたのか、ストンと椅子に座りこむ。

「早く言ってくれたらよかったのに」

「……言いたくても、アイツに邪魔されてばっかりだったんです」

そう言って、彼女は恨みのこもった目を三角にして怒っている。礼儀正しい千鶴ちゃんが「アイツ」と切り捨てるのは彼しかいない。そう、加賀先生だ。

「邪魔?」

「朝のジョギングとか、学校の帰りとか……涼子さんに声をかけようと思ったら……」

なるほど、なるほど。そういうことか。私は腕を組み、うんうんとうなずく。

結論から言えば、ストーカーなんて最初からいなかったのだ。

「やったじゃないですか、涼子さん! 弟子ゲットですよ」

スッとふすまが開き、向こうの居間から加賀先生が登場した。背後にはこたつ机の前でお茶を飲んでいる祖母が見える。呆れた。隣の部屋でずっと聞き耳を立てていたのか。

「……出たな」

これは千鶴ちゃんじゃなくて私の声。

「何度も何度も、千鶴ちゃんの邪魔をして! 少しは反省してください!!!」

こうして、ストーカー騒ぎは一件落着した。

◆◆◆

「涼子さん」

漁協の食堂での仕事が終わった私の前に、加賀先生がひょっこりと顔を出す。

「……なんですか」

「声が冷たい！　夜道は危ないから、お家《うち》まで送ろうと思ったのに。ひどい、あんまりです」

私があしらうように言うと、先生は人をからかって泣き真似を始めてしまう。

背後から「涼子ちゃん、夫婦ゲンカはよそでやりな！」と漁協のおじさんのヤジが聞こえ、気まずくて思わず顔を伏せた。そんなんじゃない。断じてそんなんじゃない。

呆れて歩き出せば、先生は嬉しそうについてきた。堂々たるストーカーの目的は、多分、松川荘《うち》の晩ごはんだろう。近頃はランチ以外にもちょくちょくやってきて、食材をたべ尽くしていくのだ。だから、あらかじめ予約してくれと言ってるのに。

「つれないですね～。千鶴ちゃん相手だとニコニコしていて可愛いのに」

可愛いなんて生まれてこのかた言われたことがないし、そんな言葉を平然と吐ける目の前の男が憎らしい。

「冗談はやめてくださいって」

「冗談なんかじゃありません。本当に、ニコニコ笑ってましたよ！」

え――。と、ついつい立ち止まってしまう。

笑ってた？　私が？　千鶴ちゃんに？

「笑いたいときに笑える日は、もう遠くないと思いますよ」

先生は笑うことなく真剣な表情のまま、握った両手で「がんばれ」とポーズをとった。

議題５　最終対決！　松川荘を守り抜け!!

大洗に冬がやってきた。

大洗周辺《このあたり》では、雪はそれほど降らないものの、海辺の潮風は冷たく、海辺に行くととても冷える。今日は突き抜けるような青空の快晴だが、冷たい風がびゅうびゅうと吹き、大亀さんに打ちつける波も激しく、白く立っていた。きっとどの家もストーブを焚《た》いているだろう。

こういう日は温かい鍋でも食べたいなと思う。大洗も、一大イベントであるあんこう祭を終えて、本格的にあんこうがおいしくなる季節が始まる。

「そういえば、涼子さんって冬は何をするんです？」

水曜日。いつものようにふたりきりの会議中に、先生はふと質問を投げかけてくる。私の作ったイチゴのロールケーキを食べている最中だった。

部屋は寒く、古い石油ストーブの上に置いたヤカンがぽくぽくと湯気を立てている。寒くなってきたせいか、加賀先生の淹れた温かいコーヒーがますますおいしく感じる今日このころだ。

「え、普通に民宿ですけど」

「だって、冬ですよね？　大洗って海の町じゃないですか。ビーチも利用できないし、お客さんが来ないんじゃ……」

先生は民宿のことを心配してくれているみたいだ。でも、心配はご無用。

「冬は一番忙しい時期ですよ」

「ええ!?　何でですか」

「あんこう鍋ですよ」

「なるほど……いいなあ、楽しみだなあ、あんこう鍋……」

もう食べるつもりでいるのか、先生らしい感想だ。

実は、大洗の民宿が一年で一番忙しくなるのは冬のあんこう鍋のシーズンだ。

かつて景気がよかったころは、年末年始は全国のいろいろな場所から会社の忘年会・新年会で団体客がやってきて、飲んで騒いでのどんちゃん騒ぎをしていた。

だから、この時期になると民宿はいつも手が足らず、私も子どものころからちょっとした手伝いに駆り出されていた。妹の美沙は、姉のようになりたくないと思ったのか、クラブに入ったりして手伝いから逃げまわっていたのだけれど。

しかし時代は変わって、今ではそんなお金のかかることをする会社も減ってしまった。

代わりに、以前は少なかった個人からの予約が殺到するようになった。それが、アニメの「聖地巡礼」のお客さんだ。

うちの民宿も、アニメの「聖地巡礼」の恩恵を受けている。だけど、その恩恵を含めても、震災前の年間売り上げを未だに超えることができていない。

それと言うのも――。

「意外かもですけど、夏のビーチ目的のお客さんって減ってるんです」

「そうなんですか!? みんなは海、行かないんです？ いや、僕は運動全般が苦手なので、海で泳ぐこともないんですけど」

確かに加賀先生は、色白で痩せていて、見るからに海水浴とは縁のなさそうな人だ。

……食いしん坊だから、海辺のバーベキューなら似合うかもだけど。

「海水浴のお客さんって、全国でも、十年前に比べて半分以下になってるんです」

「そんなに減ってるんですか!?」

「海に親しみを感じないとか、海は塩でべたべたするとか。そういう理由みたいですよ」

「今の若い子って写真映えする場所やものが好きなはずですけどねえ。夏は夜のホテルのプールとかに行っちゃうのかなあ」

先生は、ちょっと寂しそうに嘆いていた。

そういえば、おばあちゃんのやっているSNSも、華やかな写真であふれていた。あれが俗に言う『インスタ映え』というやつなのだろう。最近の私はついにスマホを買って、SNSもときどき眺めたりしているのだ。まだ、眺めているだけだが。

「フォトソニックですよね」

「……フォトジェニックです」

先生のつっこみに、思わず目を伏せる。ベタな間違いをして顔に火がついたような心地だ。

そんなわけで、大洗にとって冬は繁忙期だ。

――今年の繁忙期は、ちゃんと笑って接客して、おばあちゃんを助けよう。

人知れず私は決意したのだった。

◆◆◆

その夜、台所仕事をしていると祖母に「来い」と言われ、座布団を勧められた。

「涼子、そこ座れ」

祖母は真剣な顔をしている。どきり、と嫌な予感に、背筋に冷たいものが流れた。

「大事な話だ」

そう言って、祖母が放った言葉の数々が、私の頭の中をどんどん白くしていった。すべてを話し終えて、彼女が席を立ったあともしばらくの間、私はその場を動くことができなかった。


『え、おばあちゃん、民宿やめちゃうの!?』

いつもどおり、美沙が電話口で大声を上げる。いつもと違うのは、この電話は私からかけたということだ。

電話の向こうからガヤガヤと音が聞こえる。きっとカフェかどこかにいるんだろう。

「うん……」

『元気ないね。大丈夫大丈夫。お姉ちゃんならどこに行ってもやってけるって！』

美沙は明るく私を励ます。違う。そういう問題じゃない。でも、そう言われてしまうのも無理はない。今まで「私がしたいこと」をちゃんと美沙に言ったことなんて、一度もなかったんだから。

「私……民宿を継ぎたかったんだ」

『はあ!?』

美沙の声に耳がキーンとして、思わずスマホを耳から遠ざける。

『いやいや、ないない。やめときなって』

「……だから言いたくなかった……」

言ったところでこう返されるのはわかっていた。美沙はかねてから、私が定職に就かずに松川荘の手伝いをしていることをよく思っていなかった。

『ああ～ごめん。ごめんって。私が悪かった、このとおり！』

「……いいよ、別に」

『いやいや。ぜーったい怒ってるでしょ？』

怒ってるというか、今すぐにでも電話を切って、誰もいない場所に逃げこんでしまいたいと思っている。

『でも、継いだところでさ～。茨城なんて魅力のないトコで民宿なんて、沈みかけた舟みたいなもんじゃん。誰が泊まりに来るの。アニメ効果だっていつまでもあるわけじゃないんだよ～？　お姉ちゃんの代で民宿が潰れて、借金生活とかだってありえるんだからね』

今、もっとも聞きたくない言葉だった。祖母に同じことを嫌になるほど聞かされたばかりだ。

「それでも……子どものころに見たお客さんたちの笑顔が忘れられなかった……私もおばあちゃんみたいに、お客さんを笑顔にするおもてなしがしたかった……」

祖父が写真に残した、大洗にやってきた人の笑顔。それは、祖母のおもてなしが作り出したもの。それは私の誇りだ。

『お姉ちゃん、現実見てなすぎ』

電話の向こうで、とてもとても盛大な溜め息が聞こえた。

『で、おばあちゃん、いつ民宿畳むの？』

「……来年」

『は？』

「来年の……六月だって」

『はあーーー!?　まだまだ先じゃん！』

また美沙の絶叫が聞こえる。出先でそんな声をあげて大丈夫なのかと心配になった。

『お姉ちゃん、まだ時間あるじゃん。早くおばあちゃんにお願いして、民宿継いじゃいなよ！』

そんなに簡単に言えたら苦労はない。十年かけても言えなかったことだ。

『っていうか！　そういう相談、私にしないでよ。やめなよとしか言えないよ？　私、地元はあんま好きじゃないし。だいたいさあ、もっと適任がいるでしょ？　こういうときにやさしく慰めてくれそうな人がさあ』

白衣の背中が瞼《まぶた》の裏によぎった。それを払いのけたくて、私は首を横に振る。

「先生に会ったこともないくせに決めつけないでよ。それに、これは皆川家《うち》の問題だし、頼れないよ。ねえ美沙、成人式はこっちに戻ってくるの？　実家に泊まる？」

この話は続けたくない。逃げるようにわざと話題を変えてしまった。

『うーん、帰ってもいいけど……』

明らかに乗り気じゃない。美沙は母や私とは仲がいいが、父や祖母とは関係がよくも悪くもない。

『だって。テスト期間だしさ～。ウチの地元《大洗》ってインスタとかで自慢できるものとか、ある？』

「着物を撮ればいいよ」

『そういうことじゃないんだってば！　まあさ、地元の友達には会いたいから成人式には行くけどさ～。泊まんないで日帰りかも。民宿を手伝えって言われるのも嫌だしさ』

「手伝えなんて言わない……」

美沙の話を聞いているうちに、さらに悲しくなってしまった。成人式で着飾った美沙を見られないなんて、私だけでなく家族が、特に父ががっかりしてしまうだろう。

『それに。お父さんとかがそっちで就職しろって言ってくるでしょ？　絶対お断り！』

「そんなことないと思うけど……」

やはり美沙は鋭い。ああ見えて、未だに家族全員で暮らす夢を見ている父は、もしかしたらそう言うかもしれないが。だが、ほかの家族は都会大好きの美沙に、ハナからUターンなんて期待していない。

それに、私の世代でも東京に行ったっきり帰ってこない同級生がほとんどだ。親が地元で会社をやっている子でも、東京に出てそのまま結婚してしまう子がひとりやふたりではない。社会人になっても実家から離れず働く私は圧倒的少数派だ。もはや、一度東京に行った人のUターンに過度の期待は抱けない時代なのだ。

大洗の中小企業は、それによって人口の減った後継者不在のせいでどんどん潰れている。周りの民宿だって、うちみたいにオーナーが年齢や体力の限界を感じて畳むところも少なくない。

それなら、なおさら私が民宿を継ぐべきなのだと、電話ごしに美沙の声を聞きながら思った。うちの民宿にはせっかく跡継ぎを希望している私がいるのに、言えなかったり、ちょっと拒否されてしまっただけでうじうじしてしまうなんて、そんなのはいけない。

尻込みしている場合じゃないんだ。

ここで勇気を出さずにどうする。せっかく、笑えるようになってきたんだから。

電話を切ると、私はパンパンと頬を叩く。がんばれ涼子。今なら大丈夫だ。だって、私は夏以降、いろいろなことに取り組んできたんだから。前に進んでいるんだから。

祖母は自室で、最近買ったタブレット端末を触っていた。ＳＮＳで好きなアイドルのコンサートのレポートを見ているのだろう。最近では短文投稿のＳＮＳで俳句まで発表していると言うハイテク老人っぷり。未だにスマホの扱いもおぼつかない私とは大違いだ。

またさらに暗くなりかけたが、こんなところで怖気《おじけ》づいている場合じゃないと気合を入れ直す。祖母の向かいにどすんと座り、わざとらしく咳ばらいした。

「なんだ涼子」

「民宿……潰す……考え直して」

しまった、言葉足らず過ぎた。でき損ないのロボットか。自分で自分にツッコミを入れる。

いや、加賀先生に会う前の自分はいつもこんな感じだった。思い出すと、ますます肩に力が入ってしまう。

「嫌だ。一度決めたことは変えねぇ」

「なんで」

緊張のあまり、ぶつぎりの言葉しか発せない。

「あたしもトシだし、涼子を縛りたくねぇ。おめぇには背負わせたくねぇ。まだ間に合うから、レストランさ開く修業しろ」

出た。レストラン。こっちは最初からそんなこと望んでいない。

「嫌。民宿がいい」

「おめぇには無理だ」

ぴしゃりと言われて崩れ落ちそうになる。でも、負けない。決めたんだから。反骨精神がむくむくと膨れあがる。

「なんで？　笑えないから？　もう笑える。やれる。私だってできる！」

「技術とか表情とかの話をしてんでねぇ。おめえだけじゃねぇ。たくさんの人が生き残れねぇ。この仕事はもう、昔ほど求められてねぇんだ」

沈みかけた舟。美沙の電話での言葉がよみがえる。

返す言葉がなくなった。実際のところ、祖母の言うとおりかもしれないと思っている自分もいるのだ。体の中身がずしりと重くなる感覚がした。

外は土砂降りだった。波が高く、ひどく荒れている。

唇を噛んで湧き上がるものを堪えた。どうして今になって、こんなにも泣けてくるのだ。ずっとできなかったことじゃないか。雨にかまわず私は車に乗りこんだ。ワイパーを全開にする。ばしゃばしゃとタイヤが水を散らすのもかまわず、アクセルを踏みこんだ。泣くのなら、おじいちゃんの前だけがいい。

大洗から水戸の薬王院まで、車で二十分ほど。私は車から降りると、傘も差さずに祖父の墓前に立った。

「ごめん……おじいちゃん……」

ふり絞った言葉には、いろいろな「ごめん」が入り混じっていた。

おばあちゃんに現実を見せられて尻ごみしちゃって。

おじいちゃんに元気のない私を見せちゃって。

頑張るって言ったのに、こんな結果で。

次々にあふれる涙を、冷たい雨が洗い流してくれる。ごめん、おじいちゃん。おじいちゃんの大洗を、私が取り戻してあげられなくて――。

こぶしをぎゅっと握り、うつむく。

「おじいちゃん……ごめんね……」

もう一度出た言葉も謝罪の言葉だった。

「びしょ濡れじゃないですか。風邪ひいちゃいますよ」

雨音に混じった声と一緒に雨が止んだ。違う。傘だ。誰かが私に傘を差し出したのだ。振り返る。そこには傘を持った加賀先生が立っていた。

傘を持つ手にはタオルもある。きっと、祖母に言われてやってきたのだろう。まったく、お節介もいいところだ。

「おばあちゃんに言われて来たんですよね」

加賀先生は穏やかに微笑みながら顔を横に振る。

「僕が聞いたのは、おばあさんが涼子さんに言ったことだけです」

眼鏡の向こうの目は、怖いほどにやさしかった。その笑顔が、ささくれ立って冷たくなった心に痛いほどに染みる。

「とりあえず、駅にネット喫茶があるので行きましょう。そこでしっかりシャワーを浴びて、体を温めてください」

歩き出しながら、先生は穏やかに笑う。

「ありがとうございます……」

「そのあとは僕に付き合ってくれませんか？」

付き合う？　シャワーのあとに？　いやいや、先生に限ってそれだけはない。ちらっと不安が胸をかすめたものの、すぐに振り払う。私は言われるままに先生のあとについて歩き出した。

「これはですね、つくば茜鶏って地鶏を使ったラーメンなんですって！　見てくださいよ、この澄んだスープ。ああ、眼鏡が曇って前が見えない！　それすら幸せ！　涼子さんのはえび油の風味です。麺もこだわってるそうです！」

シャワーのあとに連れられて行ったのはラーメン屋だった。向かいに座る先生は、ラーメンを前にしてとてつもなくテンションが上がっている。

「ラーメンかよ」と思わなくもないが、先生は食いしん坊のお医者さんだ。ただ単に私が風邪を引かないようにシャワーを浴びることを勧め、元気が出るようにとラーメンをご馳走してくれたのだろう。ちょっとでも変な可能性を警戒した自分が恥ずかしい。

目の前にあるのは湯気の立つどんぶり。澄んだ塩味のスープにキラキラとしたエビ油と白い麺が浮かぶ。メンマは大きくて分厚い。チャーシューは鉄板か何かで焼いた跡が見える。仕上げに、店名でもある「龍のひげ」をイメージした野菜の茎がトッピングされていた。

「いやあ。この湯気、素晴らしいですね」

寒い日のラーメンは最高だと語る先生は、眼鏡に手を伸ばしている。

先生の眼鏡は湯気で曇っていた。ちょっと残念な先生を見ていると、私は少しだけ落ち着きを取り戻した。

「ありがとうございます。お礼にチャーシューあげます」

「なんだかよくわからないけど、こちらこそありがとうございます」

「いいえ、あんまり食欲ないですし。あ、お水もどうぞ」

チャーシューを小皿によそい、水をコップに注ぐ。

「涼子さんは相変わらず親切ですね。ありがとうございます。さ、食べましょう。大丈夫です。食べきれなかった分は任せてください」

幸い、先生は私の言葉を気にしなかったらしく、嬉しそうに麺をすすっている。

「どうしたんですか？　早く食べないと麺が伸びちゃいますよ」

「はい……」

食欲がないのは本当だ。とりあえずスープならいけるだろう。れんげですくってひと口飲む。

「っ！」

口に含んだ瞬間、声が出なかった。

とてもやさしい味だ。魚介の出汁の風味が口いっぱいに広がって、思わずホッとしてしまう。

そして、ひと口食べたら急にお腹が空いた。このところ、ろくなものを食べていなかったせいだろう。祖母に民宿のことを言われてから、あんまり食が進まなかったのだ。

「おいしいですよね。僕も患者さんに教えてもらったんです」

先生の言葉が耳をすり抜けていく。私は夢中でラーメンを食べ進めていた。

確かに中太のちぢれ麺は、このスープにとても合う。一口食べるごとにホッとする。

分厚いメンマも歯ごたえがあって嬉しい。チャーシューを先生にあげてしまったことを、少し後悔した。

「あれ、涼子さん。残さないんですか？」

「残しません。全部私のです」

「あはは、まあ少しでも元気を出してくれたならよかったです」

期待していたのか、言葉と裏腹に先生は少し残念そうにしている。

「おばあさん、心配してましたよ」

おそらく、祖母から大方の話は聞いてしまったのだろう。祖母は先生を信頼しているから、民宿を畳むことを話していてもおかしくない。本当なら、私から話したかったのに、先を越されてしまった。

「ラーメン、ごちそうさまです」

「六月なら、まだ時間はあります。一緒に作戦を立てましょう」

「……そうですね」

しかし、祖母の民宿を畳むという意志は固い。いくら先生の知恵を借りたところで、こればっかりは無理なんじゃないかと諦めかけているところだ。

結局、私たちが「大洗おもてなし会議」を通して変えられたのは、小さなことばかりだ。大洗町や民宿を取り巻く現実なんて変えようがない。

そんなことを考えていくうちに、行き場のない気持ちが溜まっていき、つい弱音が漏れてしまった。

「先生はどうして私にやさしくするんですか……。他人なのに。放っておいてもいいのに……先生にとっては余計なことなのに……」

まただ。いけないとわかっていても、いつも先生には甘えるように弱音を吐いてしまう。やはりというべきか、先生も困ってしまったようで、ふたりの間に沈黙が流れた。先生も今回ばかりは呆れてしまったのかもしれない。私は、彼の次の言葉を恐るおそる待っていた。

「それはですね――」

先生はなぜか眼鏡を外し、笑っていない表情を私に見せた。やはり、以前見て感じたとおり、眼鏡なしで笑っていない先生の顔は、顔が整っていることも相まって、いつもよりキツく感じられた。

「キツい顔だと思いませんか？」

申し訳ないと思いつつも、嘘はつけないと観念して私はうなずく。

「僕は小さいころ、親や友達から、いつも顔つきがキツいことを指摘されていました。だから、性格までキツく思われないように、せめて笑っていようと思っていました。本当に楽しいときも、怒っているときも、嘘でもいいから笑っていよう。機嫌よくしていようと気をつけていたんです」

「でも、笑えるならいいじゃないですか……私は未だに先生みたいに愛想よくできない。先生がうらやましくて仕方ない……」

「僕は怒ることが苦手なんです」

そう言われて、私はハッとして顔を上げた。

「笑い続けていたら、いつしか誰かを責めたり、誰かに怒りの感情を向けることが得意ではなくなってしまったんです。まぁ、今はそれなりに克服をしたんですが」

思えば、出会った当初から、私が怖い顔をしたり、キツい顔をしても、先生はぜんぜん嫌そうな顔をしなかった。あれは、先生自身が『したくてもできないこと』だったのかもしれない。

「あぁ、すみません。僕の話ばっかりしてしまいましたね」

先生はなんともないようにへらりと笑う。それを見ていると、胸がずんと少し重たくなった。ずっと、あんなふうに笑えてずるいと思っていた笑顔は、今は悲しいものに見えてしまう。

「あの日、涼子さんに手帳を渡したとき、変わりたいと言ったあなたを見て、かつての僕を思い出しました。涼子さんは、あの日のあなたは僕と同じ目標に向かっていた。だから、僕は本気で涼子さんを応援しているんです。あなたはどんどん進んでいって、すごい成長を見せてくれた。それが何よりも嬉しい」

先生は眼鏡をはずしたまま、心から幸せそうに目を細めていた。

「そんな、私は別に……いえ、ありがとうございます。その言葉、真剣に受け止めようと思います」

私は、うつむきかけた顔を上げて言った。先生はこんなにも私のことを本気で考えていてくれたんだ。こんなに本気で応援してくれている人に、恥ずかしいところを見せたくない。

「きっと、僕たちは僕たちにしかなれません。それでいいんです。でも、人はずっと同じでいることもできないんですよ。だって、新しいものを背負っていくと、元々持っていた大切なものがこぼれ落ちてしまう」

「元々持っていたもの？」

だが先生は、私の質問には答えなかった。自分で考えてみてほしいということか。

「時には歩みをゆるめて、足元のものを拾うことが大切なんだと思います。ゆっくりと拾いものをしていけば、思いがけない瞬間に〝大切な落としもの〟を拾うことができるんじゃないでしょうか……涼子さんのように」

そうか、それが「足元のことを変える」ということの本当の狙いだったんだ。私は足元を見ながら目についたものを拾い続けたお陰で、少しだけ前を向くことができた。いろいろなものを取り戻せたのだろう。

「今の時代は競争ばかりで、ゆっくり歩むなんてナンセンスかもしれませんが……。それでも、大洗の町はそれを許してくれるんじゃないかと思うんです」

帰りの車を運転しながら、もう一度考えていた。

歩みを緩めるのを許してくれる町――そんな大洗に訪れる人に一人でもそう思ってほしい。その町の中にある民宿では、命がけで戦うように毎日を過ごしている人たちが、肩の力を緩める場所でありたい。お客様の皆様に大洗に、松川荘に、「帰って」きてほしい。彼らをできるだけ温かく出迎えたい。

だから、私という後継者の居る松川荘は絶対に潰してはいけない。彼らから居場所を奪うなんていけないことだ。

ふと気がつくと、雨はすっかり上がっていて、空には虹がかかっている。坂を下った先にある、大洗の海も穏やかに輝いていた。

◆◆◆

「美沙、私……やっぱり民宿を継ぐ」

『どうしたの、お姉ちゃん』

美沙に電話をすると、彼女は驚いて高い声を上げた。

「おばあちゃんに交渉してきた。でも、ダメだった」

『ほら〜』

その続きは予想できるが、そこは言わせない。

「でも……諦めない！」

『なんで!?　悪いこと言わないからやめときなって』

「大丈夫だよ。美沙だって言ってたよね？　六月まで時間があるって」

『お姉ちゃん……』

私の心境の変化に気づいたのか、美沙は電話ごしでもわかるほどに驚いていた。そして、少しの間、沈黙が流れる。美沙は何かを悩んでいるような気がしたが、私も言葉が見つからなかった。

『あのさ。私、迷ってたけど決めた』

その沈黙を破ったのは美沙だった。

『成人式、ウチに泊まるよ。お姉ちゃんの彼氏、見たいし』

相変わらず美沙はわけのわからないことを言う。

「彼氏って先生のこと？　違うよ。別に」

『またそんなこと言って。でも今燃えてるのは、先生のお陰なんでしょ？　わかりやすいんだから』

「ち、違うよ！　そんなんじゃないってば」

『とにかく、高校の友達誘ってウチでお泊まり会するから』

「え？　お泊まり会？」

美沙が言い出したのは、意外なことだった。そもそも、あまり友達を家に連れてくる子じゃなかった。仲よくしていた友達は大勢いたけれど、私が覚えていたのはひとりだけだ。

「えーと、詩織《しおり》ちゃんとか？」

『とにかくよろしく』

美沙は私の言葉を遮るように早口で言う。

「よろしくって何を？」

『ほら～。お姉ちゃん、おもてなしがしたいんでしょ？　ならさあ、ね？　お金なら払うよ！　みんなバイトしてるし。でも、家族価格でお願いしまーす』

美沙は早口で、まくしたてるように言った。まったくトコトン調子のいい妹だ。

だけど、地元の若者が大洗に帰ってくるなら、それは嬉しいことだ。

冬は予約が埋まる日もあるけど、成人式の日はまだ満室ではない。一、二部屋ぐらいなら手配もできるだろう。さっそく祖母に相談してみよう。

「おばあちゃん。予約が入ったよ」

「どうせ美沙だっぺ」

私は思わず「ぐぬ」と唸った。さすが祖母、鋭い上に手ごわい。

「でもさ、あの美沙だよ？　あの都会好きの美沙が、友達連れて帰ってくるって！」

「妹さ連れてきただけで、何自慢してんだおめぇは」

当たりがきつい。祖母は本気で私の「継ぎたい」という気持ちを摘《つ》みとる気だ。

「これはさ！　大洗に若い人に戻ってきてもらうための一歩だよ！」

苦しまぎれだった。だが、「これはよい考え方だ」と弱気になりかけた自分を無理矢理奮い立たせる。

大洗の人口はどんどん減っている。若者の流出が止まらないのだ。だが、今回のことが成功すれば、美沙やその友達が大洗を見直すきっかけになるかもしれない。

「勝手にしろ」

祖母はそっぽを向いた。

勝手にするよ、と震えていた手を強く握る。不安でたまらないが、今は弱気になっている場合ではないのだ。それに今の私はひとりじゃない。加賀先生も応援してくれるし、美沙もたぶん、あの子なりに私を思ってくれている。成人式だけじゃなくて、たくさんの人に大洗や松川荘をよいところだと思ってもらって、祖母を驚かせてみせる。

◆◆◆

『ねえねえお姉ちゃん。成人式だけど、男の子たちも誘っていい？』

「いいよ。そしたら最低でも二部屋だね。何人ぐらい来るの？」

『わかんない。でも、たくさん！』

それでは困るのだ。民宿を手伝った経験の少ない美沙にはわからないかもしれないが、人数はあらかじめ決めてもらわないといけない。仕入れに影響するし、スケジュールも組まなくてはならないのだ。それに、一月は繁忙期だ。人数によっては、ほかの予約が入っても断らなくてはいけなくなる。

「決まったら教えて。なるべく早めに」

『はいはい。もう、怒んないでよ～』

「別に怒ってないよ」

『で、宿代はいくらぐらいで考えておけばいい？』

「八千円くらいかな」

……本当は一万二千円以上する。せっかく、県外から来てくれる美沙たちに、普通のごはんなんて出せるわけがない。祝いの席でもあることだし、酒の飲み放題もつけるつもりでいた。これは出血大サービスだ。

『たっか！　マジで？』

「ダメ。譲れない。わかっているでしょ、大洗は冬がシーズンなの」

『家族価格って言ったじゃん～！』

「充分家族価格でしょう」

『ウチって、あんなボロのくせにそんなぼったくるの？　ありえないんだけど！　もっと値段を下げないと、人なんて集まんないよ！』

ぼったくりなんかじゃない。そう言われて思わずムッとしてしまう。誠心誠意、満足のいく接客をし、食事を作るというのは、どうしても時間と手間のかかるものなのだ。それに、バイトしてるからお金は出すと先に言ったのは美沙の方なのに。ちゃんと一泊すれば、絶対に満足するはずだ。言わせておけばいい。……と思いつつも、ついつい言ってしまった。

「嫌なら来なくていいよ」

『えー。意地悪言わないでよ！　せっかくお姉ちゃんのために、あんな何もないトコおススメするの頑張ったんだよ』

「何もないトコ？　それって松川荘《うち》のこと？」

『そうだよ、あんなトコだよ。一日中働いて客のワガママ聞いて。あたし、あそこが大っ嫌い。せっかくおばあちゃんが逃がしてくれようとしてるのに。お姉ちゃん何してんの。早くあんなトコから逃げちゃいなよ』

それが本音か。

私のためを思うなら、もう少し実家の手伝いをして、この仕事のことを知ってほしかった。思えば、うちの家族は美沙に甘すぎたのかもしれない。ちゃんと、無理にでも手伝わせたなら、こんなふうに地元嫌いにならなかったのかな。……いや、どのみちダメだっただろう。そもそも、大洗に対する「何もないところ」という評価は、少し前まで私自身も口にしていた。美沙ばかりを責められる立場ではない。なのに、止められない。

「……来たい子だけ来てもらって。それで、人数が決まったらすぐに連絡して。いい？」

美沙は何も答えない。気に食わないことがあると、頬を膨らませて黙る癖があるのだ。今ごろ、携帯を持って子どもみたいに拗ねているに違いない。

「それと……あんたの気持ちはよくわかったよ。正直、怒ってるよ。あんたは来なくていいから」

そして、美沙の言い分を聞くこともなく、私は電話を切ったのだった。

一時間もすれば、後悔で頭がいっぱいになった。……やってしまった。間違いなく言い過ぎた。美沙の言葉に対するショックと、自分の言ったことへの後悔で頭が痛い。もう弱気にならないと決めたのに。こんなのじゃダメなのに。

◆◆◆

「……最悪ですよ。ホント」

翌水曜。会議の時間中、加賀先生の前でことの顚末を話した。

「ふたりとも悪くないので難しいですね」

先生はみつだんごを頰張りながら話を聞いている。熱いコーヒーとみつだんご。最高の組み合わせだ。

どちらも悪くないというより、どちらも悪いのだ。そして、どちらの方がより悪いと言われたら、私に決まっている。反省と自己嫌悪で溜め息がもれた。

美沙は美沙なりに私のことを心配している。あの子のことを勝手だと決めつけていたわからず屋は、私の方だ。

「美沙に大洗のよさを少しでもわかってほしくて、望んでいない方向に張り切ってしまって……。本当に自分に嫌気が差しました」

「では、美沙さんがどんなことを望んでいたか。考えてみましょう。いい案が浮かべば、彼女と仲直りできて、もう一度松川荘に誘えるかもしれませんよ！」

先生は明るく言う。だが、美沙の望んでいることは……きっと、加賀先生を紹介することだろう。先生は彼氏でも何でもない。美沙は囃し立てるに違いないので、きっと先生に迷惑をかける。ダメだ。却下だ。それに、加賀先生をダシに美沙と仲直りするなんて、先生に失礼すぎる。

「すみません、あの子が何を希望しているのか、思いつきません……」

「そうですか……。って、涼子さん？　なんか様子が変ですけど、どうかしました？」

先生から目を逸らす。先生は、不思議そうに首を傾げていた。

家に帰ると、父が珍しく居間のパソコンを眺めていた。

「涼子、若い女の子はどんなメシが好きなんだ？」

美沙が来るからと、父は張りきっているのだ。

「あの子は意外と肉が好きだよ。……えっと、あのね。お父さん」

言いかける私をよそに、「そうか」とうなずく父は高級食材を買う気満々だ。美沙が来ないかもしれないなんて夢にも思っていないのだろう。

「常陸牛《ひたちぎゅう》か……美沙のヤツ、喜ぶだろうなあ……」

上機嫌な父を見ると、美沙が来ないかもしれないだなんてとても言い出せない。このままでは美沙も父も悲しませることになってしまう。それもこれも全部私のせいだ。やっぱりすぐにでも美沙に謝って、彼女にも来てもらおう。


ところが、それから数日間、美沙に電話が通じなかった。いつかけても留守電になる上に折り返しもない。一応、謝罪の言葉と、待っているからというひと言を留守電に吹きこんで、短いメールも送ってはおいたのだが。

もう日にちがない。二部屋キープしているが、ほかの部屋は満室で、すでに予約を一件断っている。当たり前だが、食材だって有限だ。今から人数が増えると言われても、確実においしいものが用意できるとは限らない。せっかく大洗に人が来るんだから、とびきりおいしいものを食べてほしいのに。

窓から激しく波の立つ海を見ていると、あまり着信のこない私のスマホが鳴った。誰からなのか見てみると、画面には「美沙」と表示されているではないか。

「どう、人数は決まった？」

『……』

返事がない。何か困りごとだろうか。いつも元気な美沙がこれほどまでしょげるなんて、大変なことがあったのかもしれない。私は急に心配になってきた。

「どうしたの？　何かあった？　今から東京《そっち》行こうか」

車を飛ばせば数時間で着く。明日の仕事は母と祖母に任せることになるが、ふたりは許してくれるだろう。美沙に何かあったのなら、仕事をしている場合ではない。

『いいの違うの……。ごめん、泊まるメンバーさ、全然集まらなかったんだ。結局、私と詩織のふたりだけ……』

結局、大洗に八千円も払うというのは学生たちにとって高かったらしく、上手く人が集められなかったそうだ。彼らは、格安で泊めてくれるのを期待していたらしい。

満足してもらえる上質なおもてなしをするには、ある程度のお金が必要だと、自分の意見を曲げることができなかった。せめて、もっと割引をしていたら、結果は変わっていたかもしれない。私の考え足らずだと唇を噛む。学生に出せるお金なんてそう多くないに決まっているのに、質を高めることだけを考えてしまった。

『ごめん、期待してたでしょ？』

「してるわけないじゃん。気にしなくていい」

手元にあったノートのページを破り、ぐしゃぐしゃに丸めてごみ箱に放りこむ。大人数用のメニューを考えていたが、もう要《い》らないものだ。次に手に取ったのは、既にＦＡＸを送った酒の発注書。民宿の損失のことも頭をよぎったが、すぐにそれをかき消す。仕方がないことだ。頑固だった私のせいだ。

「美沙、民宿《うち》に泊まるの嫌でしょう？　中止でいいよ」

『ううん……泊まる。こんな機会もう二度とないかもだし。あと、迷惑かけた分のお金は払うよ』

美沙の声はまだ沈んでいる。彼女が八千円を高いと言ったのは、わがままからではなかったと、今さらのように気づかされた。

魅力的と思っていない場所に人を集めるのは、格安であることを売りにするしかなかったんだろう。こんな結果になってしまったけど、彼女なりに松川荘や私の夢をどうにかしようとしてくれたんだ。

「いいよ。お金は自分の分だけで。その代わり、お客さんとしてうちに来たからには、大洗や松川荘《うち》のことをもう悪く言わせないからね！」

『うん、期待してる』

電話を切る。溜め息をつきたい気持ちをぐっと堪《こら》える。美沙は美沙なりに考えてくれていたのに、悪いことをしてしまった。

「涼子、大変だ！」

居間の方から祖母の声がする。何やらただならぬ様子に、私は唾を飲み込んだ。

居間に行くと、祖母と母が父の前で腕を組んでいた。母と祖母のきつい尋問の結果、父は美沙との再会が楽しみなあまり、さまざまなご馳走食材や、常陸牛のブロック肉まで注文していたことが発覚したという。その量を聞いて私は目を回しそうになった。十人どころか三十人いたって食べきれないかもしれない。

「茨城にはうまいもんがたくさんあっから……。美沙たちにどうしても食わしてやりたかった。……すまねえ、このとおりだ」

た。

「謝っても遅ぇわ、このバカが！」

「おばあちゃん、言い過ぎだって」

私は祖母をなだめる。同時に手に持ったままだった酒の発注書を、必死に背中で隠した。

「涼子、その紙……何だっぺか？」

母が私の持っている紙に気づく。慌てて丸め、ポケットに仕舞った。

「なんでもない。ただのメモ」

飲み放題用の酒の発注書なんて、このタイミングで見せられるわけがない。そう、ある意味、私も父と同じ罪を犯しているのだ。

「お父さんは悪くないと思うよ？　わ、私、お父さんの気持ちがよ〜くわかるなぁ」

「涼子、おめえなんか隠してんだろ」

助け舟を出そうとして、祖母に指摘されてしまった。ぎくりとする。やっぱり鋭い。

「大丈夫……私がどうにかするから」

バレて責められる前に、自分でどうにかしよう。申し訳ないが、父のような目には遭いたくない。

「と、いうことでお知恵を貸してください」

　翌日、集まってくれたみんなの前で、私は頭を下げた。松川荘の食堂に来てくれたのは、加賀先生、小野さん、千鶴ちゃん、そして石崎を筆頭にした元ヤン三人組だ。「おもてなし会議拡大版」の緊急招集だ。早速、加賀先生が手を挙げた。

「ごはんが余るんでしたら、ぜひご相伴に預かりたいんですが……」

　言うと思った。しかし、先生と美沙が同じ席を囲むとなると、厄介なことになるのが手に取るようにわかる。

「すみませんが来ないでください」

「どうしてですか！」

　加賀先生は相当ショックだったらしく、一瞬で崩れ落ちる。

「ところで、用意したは、何人分の食材ですか？」

　次に手を挙げたのは小野さんだった。さすが現役飲食店勤務、彼の質問は、一発で私の急所を突いた。目を合わせられない。

「……ざっと三十人分の食材と一升瓶六本です。うち五本は大吟醸。あ、ほかの飲み物はあとで買い足すつもりでした」

「ちょっと待ってください。東京から来るのは」

「………ふたりです」

「姐さんのお父さんって計算もできないんすか!?」

「姐さんち、バカなんすか？」

元ヤンたちが次々に異議を唱える。だが、千鶴ちゃんが偉く迫力のあるガンを飛ばし、元ヤンたちはみるみる縮み上がった。

「涼子さんには何か考えがあるんです。バカとか言わないでください」

千鶴ちゃんの純粋なやさしさに胸が痛む。ごめん、千鶴ちゃん。師匠は特に何も考えてないんだ……。

「まあまあ、最悪僕ひとりで……」

「申し訳ないですが、加賀先生は絶対に来ないでください」

「だからどうして!!」

というか、三十人前なんて、いくら加賀先生だって食べきれないだろう。

「あの」

私と加賀先生がしょうもないやりとりをしている中で、小野さんがおずおずと手を挙げる。

「食材とお酒を使って、大洗の皆さんで宴会を開くなんてどうですか？　新成人ふたりを主賓にして。僕ならそういう外に行った若者と交流できる会、いいなあーって思うんですけど……」

「どうです？」と自信なさげに首を傾げる彼を見ながら、全員が声を合わせて「それだ！」と叫んだ。

「とは言いましたが……。三十人集めたところで会場を見つけないと……」

小野さんは遠慮がちに溜め息をつく。確かに美沙たち以外のお客さんもたくさん来る予定だ。松川荘にスペースは残されていない。

「そいつぁ心配いんねーよ」

元ヤン一号の石崎がけらけらと笑い飛ばす。

「美沙ちゃんの友達って、綿引《わたひき》さんとこの詩織ちゃんだろ？　んだら、あそこの家に頼めばいいべさ」

元ヤンたちは次々に「だっぺだっぺ」と相槌を打った。確かに綿引さんの家といえば、この一帯ではかなり大きい。田舎の家らしく、近所の人が集まって宴会ができる、縦長の大きな部屋もあるはずだ。だけど……。

「そんなお願い、ＯＫしてくれるかなぁ」

日も迫っているのにそんなお願いをしたら、綿引さん一家もさすがに迷惑なんじゃないだろうか。

「まあまあそう言わず。まずは電話で聞いてみるなんてどうでしょう？」

加賀先生が元ヤンたちを援護する。「先生、もっと姐さんに言ってやってください よ！」とヤジのような応援が飛んだ。

「うーん、ちょっと今からお願いしてきますけど……あんまり期待しないでくださいね」

そう言って、私は家電のあるリビングへと向かった。

「綿引さん、ＯＫでした……」

迷惑どころか、「松川荘さんのお料理のご相伴に預かれるなんて嬉しいです」と言われてしまった。私が作るものは、大洗に居る限りは誰でも食べられるような料理ばかりなのでプレッシャーだ。まだ信じられないが、加賀先生たちは「よかったです～」と和やかなムードだ。

「これで、あとは人集めだけですね！」

と小野さんが喜ぶ。元ヤン達は「俺たちも行くっす」と張りきっている。

「人数が足りなかったら僕も参加しますから」

先生はアピールを欠かさない。本当にご馳走に目がない人だ。私はもう、断る気にもなれなかった。

「ところで、当日のメニューはもう決めたんですか？」

彼はまるで諦めていないらしく、子どものように目をキラキラさせている。

「とりあえず、今から食材リストを見てメニューを考えます」

「楽しみです！　涼子さんの料理っておいしいですし」

「べ、別に……そんな特別なものは作っていません」

不意打ちに顔が赤くなるのを感じたが、同時にますますプレッシャーでもあった。うーんと、悩み始めた私に、元ヤン二号が気楽そうに言う。

「メニューさ悩むんなら、直接さ美沙ちゃんに聞いちゃえばいいよ《っちめーばいいべ》」

その言葉にハッとする。そうだ。飛びこみのお客さんならともかく、相手が美沙ならば事前に最大限のリクエストを聞くことができる。だが……。

「絶対インスタ映えとか生意気なこと言うよ……」

「料理のインスタ映えって、要は盛り付けですから。そんなに構える必要はないんですよ！　僕も手伝いますから」

小野さんが励ましてくれる。確かに、刺身なんかを上手く盛り合わせればかなり可愛くなる。それならできる。インスタ映えという言葉に怖じけづいていてはダメだ。それに、昔から、美沙は文句を言いつつもごはんは残さない子だった。今回も、食べてはくれるだろう。だったら、「地元の味」で喜ばせてあげたい。

「わかりました。精一杯努力します」

そう言うと、なぜか周りから拍手で迎えられ、こそばゆくなる。

「人集めは俺らもやっから！」

盛り上がる元ヤン三人衆。これ以上ガラの悪い人たちが増えても困るんだが……。

「僕も移住友達に聞いてみますね」

小野さんはニコニコと言う。本筋とは関係ないが、小野さんに友達が増えたことは単純に嬉しい。

「が、学校の友達に聞いてみます」

目を伏せる千鶴ちゃん。こちらはあまり無理しないでほしい。

「僕はひとりで五人分いけますから」

「あ、先生は来ないでください」

「だからなんでですか～！」

こうしてひょんなことから美沙たちのお泊り会が形を変えて大型の宴会企画となり、わずかな準備期間はあっという間に過ぎていったのだった。

◆◆◆

「お姉ちゃん！　久しぶり～」

車を降りて、海に近い通りにある文化センターの前で新成人ふたりを迎え入れる。

「どう？　私の選んだ着物、センスよくない？」

我が妹は鮮やかなブルーの振袖姿だ。華やかだが、無理なく着こなしている。もっとゴージャスなものを想像していたのだが、いたって普通の新成人という感じだ。正直ほっとした。その半歩後ろを歩く詩織ちゃんは、淡い黄色の振袖でかわいらしい。

「着付けがよかったんだよ。さすが詩織ちゃんママ」

朝から民宿の仕事で見られなかったが、ふたりは朝一で帰ってきて、詩織ちゃんのお母さんに着付けをしてもらったそうだ。

「ええ～？　もっとよく見てよ！　小物とかさ～」

そう言って美沙はくるりとまわって見せる。

「で、お部屋はどこ？」

「それなんだけどね……」

食材を頼み過ぎたことや、大宴会を開くこと。私は、ここでようやく事情を語ることができた。

今まで、美沙には希望のメニューを聞くなどはしてきた。そして予想通り、インスタ映えを要求してきたのだが……宴会のことだけは、どうしても最後まで言えなかったのだ。大反対されることは目に見えていたから。

「え～？　地元の人と一緒に宴会？　詩織、それ聞いてた？」

「美沙ちゃんは知らなかったの？」

詩織ちゃんは家族から聞かされていたのだろう。きょとんとしている。

「も～！　お姉ちゃん、なんで言わなかったの!!」

「みんなで宴会って言ったら嫌がると思ったから」

「あったりまえじゃん！　ぜーったい気を使うもん!!　えーなんでそんなことになったの～！」

「美沙、ごめんね。でも……誰かさんがたくさん人を呼ぶって言ったから、食材があまっちゃってさ……」

美沙はここで「うっ」と声を詰まらせ、追及するのを止めた。引けめを感じているらしい。嘘は言っていないが、事実とも微妙に違うので、言ったこっちも後ろめたい。

「悪いけど、、これでおあいこってことで。もう恨みっこなしにして欲しいな」

「もう、わかったよ……」

そう言いつつも、美沙の方はわだかまりが残っているようだ。それも仕方ない。彼女が嫌っている大洗。そこに住んでいる人間と宴会をするのだ。無理もないことだ。

「ちょっと騒がしいかもだけどみんないい人たちだから楽しんでいってね」

美沙と詩織ちゃんは顔を見合わせると、すぐに気まずそうに顔を背けてしまった。

詩織ちゃんはやけに口数が少ない気がする。元々大人しい子だけど、昔から顔見知りの私に人見知りするなんて考えづらいのだが……。

なんだか、地元にいたころよりもふたりの様子がぎこちないように感じる。気のせいだろうか。


海沿いの大通りを進んでいく。すぐ向こうできらきらと海が光っている。

「あれ、ウチでやらないの？」

「宴会は詩織ちゃんちでやるの」

「なにそれ～！　あたし、なんも聞いてないんだけど！」

車内を揺らす美沙の大声を受け流し、心の中で美沙に謝る。口に出して謝ってしまったら、美沙が余計に怒り出してしまうのが、目に見えているからだ。

詩織ちゃんの方を見ると、気まずそうに美沙から目を逸らしていた。やっぱり何だか不自然だ。

綿引家に到着すると、私は玄関チャイムを押してふたりの到着を告げる。

控えめながらも少しわくわくとした様子の詩織ちゃん。対照的に美沙は、そっぽを向いてむくれていた。

「ただいまー」

「お邪魔しま～す」

私が玄関を開け、長い廊下を歩いてふたりを先導する。地元では綿引御殿とも呼ばれているお屋敷だ。外観はよく見かけていたが、実際に入るとその広さに仰天した。松川荘なんかよりも断然大きい。

ふすまに手をかけると、その向こうはしんと静まりかえっていた。

「それじゃあ、行くね」

ふすまを開く。と同時に新成人ふたりは激しい拍手で迎えられた。集まった人数は三十五人。中仕切りのふすまを取り払い、部屋の隅から隅まで連なったテーブルの前に、たくさんの人が座っている。その中には、小野さんも千鶴ちゃんも、加賀先生までいた。

結局、参加者を集めていると、奥様方に声をかけるたびに「加賀先生は来ますよね？」とプレッシャーをかけられ、呼ぶ羽目になってしまった。先生はこっちの気持ちを知ってか知らずか、ごちそうと地酒を前にいつもの笑顔だ。


「美沙ちゃん、こーんな美人になるなんてなあ」

「詩織ちゃんは変わんねぇなあ」

やってきたお客さんは新成人に縁のある人が中心だ。美沙の子どものころのピアノの先生や、お習字教室のおじいさんなどなど。宴会と聞きつけて、自宅で採れた大根をどっさりと持ってきて参加してくれた人もいる。ただご馳走を食べに来た診療所の若先生もいる。

意外だったのは、新成人の祝いの席と聞いて参加した私や、新成人たちと特に縁のない老夫婦やおじさんおばさんたちが数組いたことだ。

自分のお孫さんやお子さんが、成人式に帰ってきたものの、東京にとんぼ返りしてしまったそうだ。そのせいで、こういう場を設けることができなかったらしい。

新成人ふたりを上座《かみざ》に案内し、ひとまず第一段階終了。

まわりの人の話を楽しそうに聞いている詩織ちゃんをよそに、美沙はつまらなそうにテーブルに並んだ料理を眺めていた。心の声がありありと漏れている。きっと、「こんなものか」と思っているんだろう。そうしていられるのも今のうちだ。

小野さんと綿引さんの奥さん、近所のおじさん、おばさんにも手伝ってもらいながら、次々と宴会料理を運ぶ。

お造りは、綿引家で一番の大皿三枚を使って、大迫力だ。

旬のヒラメを主役に、捌いてそれぞれ寝かせたものだとろりと溶けるような口当たりになっていることだろう。参加者の方からもらった新鮮なヤリイカも並べた。細切りにし、大葉の上にのせている。

主役のヒラメは、身が傷まないよう、手で素早く薔薇の形に整えた。

「これ、涼子さんが作ったんですか？」

「ううん、私だけじゃなくって、みんなで作ったんだよ」

詩織ちゃんは「わあ〜」と嬉しそうな声を上げて、スマホで写真を撮っていた。対して、隣の美沙は腕を組んで鼻を鳴らしている。写真を撮らないなんて、後悔しても知らないぞ。

続いて料理を運んでいく。揚げたてのサクサクとしたワカサギのから揚げに、とろけるような和のフォアグラ、あん肝のバター焼きなどなど。みんなで考えた冬のご馳走メニューたちだ。

　そっぽを向いている美沙に、私は最終兵器を持ってふたりの前で膝をついた。美沙の顔色がみるみる変わっていく。まわりからも「わあっ」と驚きの声が上がった。

「こちらが本日のメイン、常陸牛のブロック肉を使ったすき焼きです」

　霜降りの入った、見ているだけでも美しいブロック肉だ。結構な重量でずしんと重たい。この常陸牛を目の前でカットしてすき焼きとして出す。この間の「おもてなし会議拡大版」で決めたパフォーマンスだ。甘くとろけるような脂身と、柔らかな赤身に舌鼓を打つこと間違いなしだろう。

　あんこう鍋と迷ったが、せっかく父が用意してくれた食材と、若いふたりの好みを考えてとすき焼きにしようとみんなで話し合って決めたのだ。

「こんなすごいの、誰が用意したの!?」

　美沙から悲鳴に近い声が上がる。やはり、肉の魅力には勝てない様子だ。向こう側で黙って飲んでいる父が、こちらを見て満足気にうなずいていた。

「こんなすっごいご馳走、見たことないよ!!」

ひと通り料理を出し終わり、美沙が叫ぶように言った。

「よーやく気づいたけ！　涼子ちゃんはアンタを満足させっぺって本気出したんだよ！」

「美沙ちゃんたちは今日のいちばん偉いお客さんだからなあ」

近所のおじさんたちが囃し立てる。

それに、美沙は顔を赤くして大袈裟に何度も何度もうなずいていた。まさか……！

ぎょっとした私は美沙を見る。その手には大吟醸の入ったコップが……！　あんまりお酒が強くないようで、既に危うい様子だ。

止めなければと思っていたのに、元ヤンの石崎がお代わりを注いでしまった。

コップをあおり、「これおいしー！」と息を吐く美沙。まわりからは拍手があがる。

これはまずい飲み方だ。酔っぱらって大暴れするんじゃないだろうか。

「あのね！　お姉ちゃんはちっちゃいころからお仕事してたの！　お小遣いもらえた訳でもないのに！　お姉ちゃん、自由な時間がなくっていっつも大変そうだった」

美沙はおじさんたち相手に私の身の上話を始めてしまった。「わかったよ」や「大変だったね」などの相槌が飛ぶたびに、私は逃げたくてたまらなかった。

おじさんだけならいいけど、千鶴ちゃんや元ヤンたちも正座して真剣に聞いている。

頼むからそれはやめてほしい。

「私は民宿のこと、嫌いだけど、おねえちゃんが民宿の仕事が好きって言ったから〜応援しようと思ったんだよ〜！」

とはいえ、美沙のそんな胸の内を聞くなんて私にははじめてのことだった。

彼女の話を聞いて思い出した。子供のころ、美沙に呼び止められて、こう言われたことがある。

『お姉ちゃん、休みたかったら私に言ってね。代わってあげるよ』

そのときは「小さいこの子に仕事の手伝いができるわけないのに」と思った。だけど美沙は本当は、私に休んでほしいと思っていたのかもしれない。そして、私が美沙に仕事を代わってと頼むことを待っていたのかもしれない。

「でも、わたしは〜。お姉ちゃんから自由を奪ったこの町が大っっっ嫌い!!　……だった」

美沙は最後だけ小さな声になる。

「でも、今日のお姉ちゃんすごかった！　お姉ちゃんがこんなすごいこと考えるとか知らなかったし、働いてるときのカンジもすっごくかっこいい!!」

一斉にこちらに視線が集まる。あとは片付けをするだけだと、ひと安心していた矢先にこれだ。

「この町が好きなこと、すっごーくわかる。愛が伝わる！　お姉ちゃん、すごい!!」

「ヨッ、涼子ちゃん」と声が次々に上がる。千鶴ちゃんや小野さんも拍手をするのはやめてほしい。当然、加賀先生も便乗して拍手している。もっとも、先生は奥様方に囲まれているのでこちらに来られそうにないのだが。すっかり忘れていたが、彼はこの近辺では一応イケメンの王子様なのだ。

いつの間にか美沙や詩織ちゃんは、いろいろな人に囲まれて、とても楽しそうにしていた。ご馳走のお皿は、すっかり空になっている。お酒も開封したものはすべて空《あ》いた。封を開けていないお酒は参加者に持ち帰ってもらう。でも、相変わらず美沙と詩織ちゃんの距離感は微妙だ——。


「ちょっと」

お開きになる前のタイミングで、私は美沙を捕まえた。その勢いのまま、誰もいない廊下まで連れ出す。

「どうしたの、お姉ちゃん」

「ねえ、詩織ちゃんと何かあったでしょ？」

図星だったのか、美沙は「ぐっ」と喉を鳴らす。

「どうしてわかったの……」

「あのねえ。何年あんたの姉をしてると思ってんの。ふたりとも、隣にいるのに全然会話してなかったでしょ？」

美沙は観念したかのように肩を落とす。

「私、大学では東京の人でいたくて……茨城出身なのも隠してたんだ。田舎者だと思われたくなかったんだもん。だから、地元大好きの詩織とはいつの間にか疎遠になっちゃって……。どんなことを話せばいいか、わからなくなっちゃった」

見栄っぱりの美沙らしい話だ。だけど、地元が嫌いでまわりに出身地を隠すくらいだから、今回の宴会は私が思っている以上に気の進まないことだったに違いない。その気持ちを押して参加してくれた妹が、改めていじらしくなってくる。

「どうする？　二部屋取ってるし、別々に寝てもいいよ」

「……ちょっと待ってもらっていい？　詩織に一緒の部屋で寝てもいいか聞いてみる」

「そっか。頑張ってきな」

ふたりの関係が元に戻るきっかけになればいいんだけど——。

宴会が終わり、参加した人たちが次々と会場をあとにする。

「いや～ありがとうございます。僕たちもご相伴に預かれるなんて」

「常陸牛のすき焼き、すごかったです。ごちそうさまでした」

「いえいえそんな！　楽しんでくれたなら何よりです」

詩織ちゃんの家族が頭を下げてくれたので、私は慌ててしまった。会場を提供してもらって助かったのはこっちの方だ。

「涼子さん、今日の料理すっごーくよかったです！　最高でした！」

加賀先生も満足そうに語る。幸い、美沙は先に民宿に戻っている。

こうして、宴会はたくさんの人の満足のもと、幕を閉じたのだった。

◆◆◆

「見て見て！　詩織と朝日を見てきたんだー。ここ、インスタでも有名だよね～」

翌日。そう言って美沙が私に見せたのは、スマートフォンに撮った神磯の鳥居の日の出の写真だった。住んでいたころは立ち寄りもしなかったくせに。でも、気に入ってくれたなら嬉しい。それに、詩織ちゃんとも仲直りしたみたいだ。ふたりを取り巻く雰囲気が、昨日のそれよりも穏やかになっている。

新成人のふたりを車で水戸駅まで送り、改札で見送った。美沙を送るときはいつも、乗り換えが必要になる大洗駅よりも、特急一本で東京に運んでくれる水戸駅を使う。

「私、友達連れてこなかったこと、すっごーーく後悔してる！ 絶対リベンジする……ったた」

美沙は頭を押さえている。当たり前だ。昨日はどう見ても飲み過ぎだった。

「本当にありがとうございます」

「詩織、あとで写真分けて～」

「いいよ～。インスタやってないから代わりにあげといて」

「任せて！ じゃんじゃん発信して、来なかった子を悔しがらせるから！」

相変わらず調子のよい妹だ。

「絶対アップしてね。スマホでチェックするから」

インターネット嫌いの克服をさりげなくアピールする私。バイバイと手を挙げた美沙が、その手を止めてこっちを見ている。

「どうしたの、お姉ちゃん」

「は？」

「いや、笑ってるなんて、どうかしたんじゃないかと思って……」

言われて頬を触ってみたが、笑えるようになったのは少し前の話だ。

「笑えるなんて普通だよ。笑って心配されるなんて……」

「普通じゃないって。お姉ちゃんの場合は普通じゃない！　すっごい!!　自分のことみたいに嬉しいよ。ほんと、よかった」

美沙は目じりに涙を浮かべながら言う。まったく大袈裟なんだから……。そう言おうとしてやめた。

――思いがけない瞬間に〝大切な落し物〟を拾うことができるんじゃないでしょうか。

思い出したのは、ラーメン屋で加賀先生がかけてくれた言葉だ。

もしかすると、これが先生の言う大切な落し物だったのではないだろうか。当たり前がようやくできるようになったんじゃなくて、自分にとってはありえないことができるようになったのかもしれない。少しぐらい自分を褒めてあげても、バチは当たらないだろうか。

せっかく水戸まで来たんだから、祖父のところに寄ろうと思いつく。今日は前日のお客さんが皆帰り、宿泊者がいないので一日オフなのだ。

薬王院の駐車場には、加賀先生の車が停まっていた。そうか、休診時間か。バタバタと出来事が重なって忘れていたが、どうして先生はこの場所を知って出入りしているのだろうか。

考えながらも、準備をして祖父の墓に向かう。そこには、先客である、よく知っている長身のやせた男性が立っていた。

長身の人物は、風でふわりとコートの端をはためかせ、こちらを振り返り――。

「加賀先生……」

そう、加賀先生だ。先生はこちらを振り向くと、いつものようにやさしげな笑みを浮かべた。

「あ、涼子さん。こうして会うのははじめてですね」

「どうしてウチの墓に？」

「まだ言ってませんでしたね」

先生は穏やかな顔を浮かべて、だけどどこか寂しそうに墓石を眺めている。そこには綺麗な花が飾られていた。そう言えば以前にも、花が飾られていたことがあった。

「僕、研修医時代に涼子さんのおじいさんにとてもお世話になったんです」

「え……！」

知り合いの墓参りだろうとは思っていたが、ほかならぬ祖父とは。驚きすぎて言葉が出てこない。

「おじいさんは僕が研修医だったころに入院されていて。当時、上手くいかないことばかりだった僕を励ましてくれたんです」

私は驚いた。確かに祖父は亡くなる前、東京の病院に入院していたことがある。でも、まさか加賀先生と知り合いだったなんて知らなかった。運動以外ならだいたいこなしてしまう加賀先生に、仕事で上手くいかない時代があったのも驚きだけど。

「先生でも運動以外に上手くいかないことなんてあるんですね」

そう言ってから口をつぐんだ。先生は怒るのが苦手であることを教えてもらってから、間もないというのに。

「そう思ってくれるんですか？　嬉しいなあ。……今でこそいろいろなことができるようになったけど、昔は決してそうじゃなかったんです」

「確かに要領はよくなさそうですもんね」

「あはは……まぁ、いろいろ見られてますしね」

つい失礼なことを言ってしまった。先生は苦笑いする。

「どこから話せばいいでしょうか。おじいさん――皆川さんはとても穏やかな人で、僕がどんなミスをしてもやさしく励ましてくれて……」

加賀先生はうつむく。

「いつも、大洗の写真を見せてくれました。とても素敵な写真で。映っている人が皆、輝いていて。彼はいつも故郷《大洗》を自慢していました。僕は、もう駄目だと思ったとき、皆川さん……おじいさんと、あの特別な写真のことを思い出していたんです。……涼子さんの手帳に挟まっていたあの写真です」

私は息をのむ。なるほど、だから先生は手帳の持ち主が私だとわかったのか。私たちは、同じものに励まされてここまでやってきたのか。

「僕もいつか大洗に行きたい。皆川さんが退院されたら、必ず大洗へ会いに行こうと決めていました……だけど」

「そうですね……」

祖父は東京の病院で手術をして退院後、一年も経たないうちに亡くなってしまった。

それは、ちょうど東日本大震災の年だった。海の町・大洗では奇跡的に津波による死者は出なかったものの、たくさんの大切なものが海に流され、町は荒れて寂れた。そんな大洗の町を見て、ひどく悲しんだまま、アニメの聖地として町が復興の兆しを見せる前に、祖父は息を引き取った。

あの悔しさは今でも覚えている。忘れられない。高校生だった私自身も震災によって、東京への大学進学の道が途絶えた。だけど、そんなものは祖父を、おじいちゃんを失った悲しみと比べればオマケみたいなものだ。

「皆川さんには会えなかったけど、大洗の町は写真どおりの素敵な場所でした」

私は何も答えられないでいた。祖父の写真の中の世界を、私はまだ取り戻せていないと思っているからだ。

震災後の祖父が、日に日に元気をなくしていく姿を見て、私は考えていた。大洗を、民宿を、一日でも早く震災から復活させ、祖父が一番好きだったころの盛り上がりを取り返そうと。でも、どうしたらいいかわからないまま、時間だけが過ぎていった。笑うことも忘れた。先生が来て、「おもてなし会議」を始めたあの日まで、ずっと。

思い返していたら、自分の力の足りなさに悔しさがこみあげてきた。

「加賀先生……私……悔しいです」

「涼子さん……」

美沙を満足させることはできた。だけど、それだけじゃ前進とは言えない。私には時間がない。祖母が松川荘を畳むまで、あと半年。

「松川荘がなくなったら……おじいちゃん、絶対がっかりする。……なのに……」

もう少し値段を譲歩していれば。もう少し美沙の電話に真剣に対応していれば。私自身が、祖母を納得させるためのせっかくのチャンスを棒に振ってしまった。

「人生に失敗はつきものです。今は時間もないのでなおさら後悔して落ちこんで、暗くなっているだけ損です。だから今は、とにかくできることをしていきましょう！」

「……私は結局何も……」

そう、祖母の判断を覆せなければなんの意味もないのだ。

「松川荘がなくなるなら……意味がない……」

「意味はあります。涼子さんは、民宿の存続に繋がらないからって、美沙さんのおもてなしを適当にしましたか？　考えることを放棄しましたか？」

私は黙って首を振る。今にもあふれそうな涙を堪えるのに必死だった。

美沙たちに対しては誠心誠意を尽くした。彼女たちが喜んでくれたのは心から嬉しかった。東京に戻る美沙に笑ったのだって本心からだ。

だけど、それだけでは一番の問題の解決には繋がらない。

「涼子さん」

先生は少し怒気をはらんだような声で言った。彼が苦手と言っていた怒りの感情にははじめて触れ、少し驚いて顔を上げた。

「涼子さんが今回の失敗をポジティブに捉えられないなら——代わりに僕が認めます。

今回のことは、確かに苦い結果にはなりましたが、絶対に意味のあるものです。だから、大丈夫です」

「どうしてそう言いきれるんですか」

「この間の宴会で、参加者の皆さんの笑顔が、皆川さん……涼子さんのおじいさんの写真の中の様子そっくりだったからです」

私は動けなくなってしまった。動いたら泣いてしまいそうだったから。悔しさと一緒に、何か言い表せないような感情がぶわりとあふれ出して波のように心を揺らす。祖父の写真の中の様子。私が憧れて、大好きで、もう一度大洗をこんなふうにしたいと思い続けた風景。

どうして。今まで祖父とふたりきり以外では泣けなかったのに。どうしてこんなに頑張って泣くのを堪えなければいけないんだろう。

結局、私は先生の前で声をかみ殺して泣いてしまった。だが、先生は微笑んだまま、何も言うことなく寄り添ってくれたのだった。

そして、その晩。事件は起こる――。

◆◆◆

『お姉ちゃん、団体の予約ってできる⁉』

美沙の割れた大声に、思わずスマホを遠ざける。

「いきなり何？　そんな大声出さなくてもわかるって」

『団体、何人までならいける？』

「いつ？」

『二月で!!』

帰って行ったと思ったらすぐにこれだ。なんの前触れもなくやってくる、嵐のような妹だ。

「……日にちは今週中に決めてね。何人？　それによる」

『まだわかんないけど……五十人！』

「は？」

私はついスマホを落としかけた。

『こないだ詩織の撮った宴会の写真、インスタにあげたら大学のみんなが興味もって。春休みに行きたいって』

ちょうどそのころ、大学生は春休み期間のようだ。

「……その人数をまたドタキャンされたら本当に困るんだけど？」

一応、念押ししながら、私は必死で考える。本当に五十人となれば、松川荘《うち》だけでは泊めきれない。

『今度はホント！　みんなバイトしてるし』

「そのセリフ、この間も聞いた」

前回は私も悪かったとは言え、とても不安になるフレーズだ。

『違う！　それだけじゃなくって』

美沙は何か言いたそうにしてもたついている。

『よいところだってたくさんアピールしたの！　ちゃんと皆に言ったの！　この間、すっごく楽しかったしおいしかったって、たくさん自慢したの！』

「……この前と言ってることが全然違ってない？」

『だって、知らなかったんだもん！　大洗があんなに楽しい場所だなんて！』

「美沙……」

この子がこんなことを言う日なんて、永遠にこないと思っていた。

「誰も教えてくれなかった……」と嘆く美沙に、「私もだよ」と心の中で返事をした。

私自身も、ちょっと前まではこの場所が好きなのは「生まれた場所だから当然」だと思っていた。加賀先生や「おもてなし会議」の活動を通じていろいろな人と出会った今は、「それは違う」とはっきり思えるようになった。今なら、この場所が特別な場所だと胸を張って言える。

今まで、美沙は地元のことをバカにしきっていた。彼女は「もてなす側」から見た大洗は嫌いだったが、「もてなされる側」の立場から大洗をはじめて見て、考えを変えてくれた。

おそらく、美沙は東京で就職して東京で生きるつもりだろう。そこは変わらなくても、大洗を「立ち寄ったら楽しい場所」と思ってもらえただけで奇跡のようだ。それは、今までの私がずっと諦めていたことだった。

『大学のみんなも、羨ましがってた。春の旅行は大洗がいいって。大洗なら、スノボするより交通費も安く済むし、その分おいしいごはんも食べれるよねって』

聞くところによると、大学生の旅行というのは一日中飲んで騒いで楽しめる場所がいいらしい。さらに、ごはんはおいしければおいしいほどいいようだ。

でも、それだけでは場所はどこでもよいと言われているような気がして釈然としない。

「大洗はそれだけじゃないよ」

『もちろん！』

あっさりそう言われて拍子抜けしてしまった。

『ごはんやお酒だけじゃない。大洗の人たち、いいと思う。だから私、大洗はお金払ってでも行く価値のある場所だと思ったよ。それに、うちの民宿もなくならないでほしい』

美沙はたった一度でわかってくれたんだ。私にはこの場所でずっと生きていてもわからないことだったのに。私の妹は本当にすごい子だ。

「美沙……あんたは自慢の妹だよ」

『何言ってるの。お姉ちゃんがすごかったからだよ。あの肉を切るやつ！　カッコよかった。あ、でも今回はあんなすごいお肉じゃなくていいよ？　採算とれないでしょ、あれ』

「そんなこと、美沙は気にしなくてもいいのに」

この間の肉の件は仕入れ主《父》が採算を度外視していたので例外だ。

美沙が民宿のことを気遣ってくれているのは、感動するほど嬉しいのだが、それにしたって五十人――。大変な人数だ。松川荘《うち》だけじゃどうしようもない。会場の手配、料理の手配からとんでもないことになりそうだ。

「どうしよう……」

電話を切ったあと、改めてそう呟いた。まずは誰に相談すればいいんだろう……。おばあちゃんへの報告は当然として……。いや、うろたえても仕方ないと、自分を奮い立たせる。美沙がくれた二度めのチャンスだ。私にできることはハッキリとしている。来てくれる人のため全力でに尽くそう。

そのためにも、まずは自分で頼れる人を探さないと。

その週末、正式な日程と人数が決まった。二月上旬の平日に七十人弱。最初に言われていた人数から、さらに増えている。旅行は三サークル合同で行われるそうだ。予算も決めなくてはいけない。まず、松川荘《うち》だけですべてをさばけないことを美沙に伝えた。返ってきた答えは『そりゃそうだよね。なら、グループごとに宿を分ければいいじゃん。こっちで気の合う子でグループ分けしとくから任せて』。

簡単に言ってくれるものだ。美沙は私が躊躇しながら一歩一歩進んでいる間にも、あっという間に話を進めていく。だが、言っていることはまっとうだ。私は私で協力してくれる民宿を探そう。

「おばあちゃん、民宿組合の電話帳借りるね！」

「かまわねえが、んなもん何に使うんだ？」

「また来るの！　美沙が。友達を大勢連れて！」

私はいてもたってもいられずに、古びたファイルを机に置いて、近い宿から順番に電話をかけていった。

◆◆◆

水曜日、いつもの会で加賀先生に報告する。

笑えるようになったと言っても、私は相変わらず感情表現が豊かとは言えないのだが、加賀先生には見抜かれていたようだ。

「成人式のときの宴会……新成人はふたりだけで、あの会だけじゃなんにも繋がらないと思ってたけど……そうじゃなかった。美沙が、あんなに大洗を気に入ってくれたのが嬉しくて」

「涼子さん、嬉しそうですね」

「それは……！　よかったです」

「はい、美沙が友達を連れてきて」

「宴会ですか？」

先生は嬉しそうに何度もうなずく。

「涼子さんはこの間の会そのものはどうでしたか？　失敗のことや民宿の今後のことは

抜きにして」

「民宿の今後を考えない、個人的な感想ですが……悪い会ではなかったと思います。……それに楽しかったですし。偶然やることになりましたが……みんな喜んでくれて」

それに、美沙が大洗を見直してくれるきっかけになった。それは今までは絶対にありえなかったことだ。

「じゃあ、来年も新成人を呼んで宴会をしましょう！　参加された方もとても喜んでいました」

その言葉にハッとする。最低限の参加費さえ取れれば、会場はやりくりできることがわかった。美沙はとにかく顔が広いので、大洗で過ごした中学時代の後輩ともＳＮＳで繋がっていて、参加者集めに協力してくれるかもしれない。

「人生に意味のないことなんてありません。民宿のことで大変かもしれないけど、これからの楽しみな予定も入れましょう！」

先生は、水蒸気で曇った窓をふき取り、外の景色を見せてくれた。冷たい冬の海を、キラキラと太陽が照らしている。

確かにそうかもしれない。この間先生が言ったとおり、どんな結果であれ、いつまでも松川荘のことを引きずって下を向いているのはよくないことだ。泣いても笑っても六月までは、やれることをやり切ろう。

「あ、涼子さん。今、少しだけ前向きなこと、考えてくれましたよね？」

「なんでわかったんですか？」

加賀先生は答えずに目を細める。ほっとするやさしい笑顔だ。

「大丈夫です。涼子さんは、僕の中では充分合格なので、このまま頑張ればおばあさんの審査も突破できます」

いったいどんな審査だと不思議に思ったものの、先生のその言葉は、なぜか魔法のように心に染みこんでいった。ひとりでも認めてくれる人がいる。それが今は心強い。

◆◆◆

そして、宴会当日。十二時より少し前。私が手配した貸し切りバスに乗って彼女たちはやってきた。

「あーれ全部大学生なのけ？」

「そうなんですよ」

「みんな美沙ちゃんの友達？」

「……たぶん」

「あんれまあ～……」

出迎えに来た私も、ほかの民宿の人たちも、その人数の多さにあんぐりと口を空けてしまった。連れてきたのが我が妹だというのが信じられない。どれだけ影響力があるんだ。

「よろしくお願いしまーす」と元気な「イマドキ」っぽい子たちがマリンタワー付近の駐車場に流れこむ。男女比は半々だ。茨城ではありがちな、どぎついヤンキーみたいな子はいない。おしゃれで都会的な子ばかりで、思わず気圧されてしまう。

大学生たちが景色を見てわいわいしている。早速スマートフォンのカメラを構えて、撮影会を始めていた。きっとＳＮＳだ。絶対にＳＮＳに投稿する写真だ。

「みんな、呟くときはハッシュタグで「大洗」ってつけといてね。よろしく♪」

美沙の調子のよさも、今はなにやら頼もしく見えてくる。

私が混乱している間に、三サークルの代表と美沙が、私たちに挨拶をしに来てくれた。

「皆川さん、美沙さんにはいつもとてもお世話になっています。今日と明日はよろしくお願いします」

「こちらこそよろしくお願いします」

私はぺこりと頭を下げる。

みんな揃《そろ》って礼儀正しい。おまけに代表たちは黒髪だ。不思議なことに、黒髪なのにおしゃれだ。都会的だ。

あとで聞いたことだが、挨拶に来た子たちは皆四年生で、就職活動でいろいろと鍛えられていたらしい。

「ねえ美沙」

そして、そーっと私から離れようとした美沙のパーカーを摑み、体を引き寄せる。

「やめてってば！　パーカー伸びちゃう」

「……ちょっと人数……増えてない？」

「げっ、鋭い……！」

無言で腕を組む私に、美沙は観念したかのように手を合わせる。

「ごめん！　お姉ちゃん。みんなどうしても来たいって。もちろんお金は払うから」

ギリギリで内定が出た子や、アルバイトのシフト変更を交渉できた子が、あとから参加したくなってしまったらしい。

「何人増えたの」

「十五人」

酒落にならない数だった。

「ダメ。うちじゃさばききれない。人数は早めにって、あんなに何度も言ったよね？」

「そんなあ～」

宿泊なら、最悪のケースでも一部屋にひとり追加すればどうにかなる。だが、食事はどうなる。食材も食べるスペースも、今から確保しなくてはならない。

――でも、美沙がせっかく集めてくれた人たちだ。それに、今の私はひとりじゃない。みんなでどうにかすればいい！

「なんて冗談。いいよ、私たちに任せな！」

「ありがと～！　さっすがお姉ちゃん！」

諸手を挙げて喜ぶ妹に呆れながらも、改めて評価せざるを得なかった。どれだけすごいんだ、この子の人脈は……。彼女が発起人になって集めた人数は、全部で百人近いことになる。

「まったく。ホントに調子いいんだから。まあ、いいや。私に任せて、みんなはごはんとかお風呂とか好きなとこ行ってきな！」

「ほんと恩にきる！　今夜の宴会は、私も手伝うね！」

「はいはいわかりました……ってホント?」

美沙が私の手伝いだなんて、今日は大洗に雪が降るかもしれない。太平洋沿岸である大洗では、雪はかなり珍しいのだが……。

「マジだよ。私も地元や家族のこと、自慢できるようになりたいから。勉強しないとね」

美沙は、手にした付箋だらけのガイドブックを私に見せて、ウインクした。

「もしかして美沙……実はできる子?」

「実はじゃないよ、フツーにできる子だって」

以前の美沙が今の美沙を見たら、飛び上がるほど驚くに違いない。


美沙の姿が見えなくなると、私は未だに使いこなせていないスマートフォンで加賀先生に連絡した。

『どうしたんですか涼子さん』

私の携帯電話からの連絡がよほど珍しかったのか、先生はおおいに驚いていた。

「緊急事態発生です! とにかくマリンタワーに来てください」

加賀先生に電話して、チャットアプリを起動し、グループに集合の旨を伝える。チャットアプリは、この日のために特訓して使えるようにしておいたのだ。特訓を手伝ってくれた千鶴ちゃんには本当に感謝だ。

「本当にすみません」

マリンタワー前に集まった民宿のご主人たちに、私は開口一番で謝って頭を下げた。

「まあまあ、増える分には大洗にも利益になっから。……ウチらはもう満室で泊めてあげらんねえけど」

「美沙ちゃんは友達さ多くてすげえなあ」

民宿のご主人たちはおおらかに言ってくれた。そのやさしさに、涙が出そうだった。

「うちの妹が迷惑かけて……ほんと……」

「いやいや。やっぱ、地元の子がこうやって地元さ盛り上げてくれんのは嬉しべよ～」

ご主人のひとりが言うと、みんなが「だっぺだっぺ～」と同意する。

「そうです。ここはひとりじゃなくてみんなで頑張るところです！」

加賀先生は励ますように力強く両手を握って見せる。診療時間外とはいえ、先生も仕事はあるだろうに。手伝ってくれて本当にありがたい。

「先生、来てくれてありがとうございます。ちょっとお願いしたいんですが……今日、十五名の宴会が可能な飲食店を探してくれませんか？　できれば先生おススメのお店で。それで、予算は――」

「十五人ですか。さすが涼子さんの妹さんですね！　わかりました。僕に任せてください！」

超食いしん坊の先生ならばきっとよい店を案内してくれるだろう。次は宿だ。私はスマホの電話帳に入れておいた民宿の連絡先に、かたっぱしから連絡を入れてお願いすることにしよう。

「それじゃあ、みんなで精一杯おもてなししましょう！　ファイトーーー」

「おー!!!」

全員で一斉に声を上げ、急いでそれぞれの持ち場に戻った。


松川荘の担当は、二十人のグループだ。

祖母と私に母、美沙までが加わり、正真正銘の皆川家フルパワーで臨む。父は素材提供係だ——性懲りもなく常陸牛を買いそうだったので、そこは釘を刺し、今日は魚の調達を頼んだ。今回のメイン食材はあんこう鍋だ。常陸牛のブロック肉を買ったら赤字になってしまう。

台所で美沙と一緒に段取りを確認する。母はすでに飲み物の配膳を始めている。何か話しているのか、宴会場の食堂からどっと笑い声が起こっている。

「涼子にあんこう鍋の説明なんてできんのけ？」

祖母は私のことを挑発するように言う。確かに、あんこう鍋をお客さんの前で作るのはちょっとしたパフォーマンスだ。この間のように身内のみを相手にする場合と比べ、今日はより愛想のよさも要求されるだろう。

「だいじょーぶ！　みんな写真に夢中で説明とか聞かないから」

美沙のフォローになっていないフォローが悲しい。

「……ちゃんとやる。今の私にならできるはずだから」

「おばあちゃん聞いて。お姉ちゃんね、この間笑ってたんだよ！」

祖母は何も言わずにこちらに背を向けた。

「お前の取ってきた客だから好きにしろ。どうせ六月で閉めんだから」

「……続けるよ。おじいちゃんとおばあちゃんの松川荘を、潰したりしない。おばあちゃん、私を見てよ。私がここで働いてるとこをちゃんと見れば、考え直したくなると思う」

「勝手に言ってろ」

険悪なムードを察した美沙が慌てて間に入った。

「まあまあ、おばあちゃん！　お姉ちゃんがなんかヤバそうなら私もフォローするから」

美沙にフォローされてしまうようなら、おばあちゃんは私に任せてくれないと思うのだが……それでも、その気持ちはありがたい。

——大丈夫です——。

なぜか加賀先生の言葉が胸に浮かぶ。不思議と勇気が湧き上がってきた。今なら何でもできる気すらしてしまう。

「それじゃ、行ってきます」

鍋の用意一式を持って、宴会場へと向かう。不安はなかった。それどころか、なぜかとてもわくわくした。楽しくって、やさしい気持ちが湧いてくる。宴会場には、お酒とお料理を楽しむ大学生たち。それは確かに、祖父の写真で見たあの光景によく似ていた。

「こちらが皮で、こちらがエラ、こちらが肝《きも》です」

大学生たちに集まってもらい、あんこうの「七つ道具」と呼ばれる部位を説明する。あっさりとした身、コラーゲンたっぷりの皮、ほかの魚ではあまり食べられないエラ。海のフォアグラと言われる肝。それに胃袋、卵、ヤナギ肉。あんこうは骨以外捨てるところがない上、部位ごとそれぞれ違った食感を味わえる大洗自慢の冬の味覚だ。

「やっぱこれ、キモいよ……」

美沙はげーっと顔を青くしながらあんこうを見てる。

「美沙、地元出身なのに慣れてないのかよ。ウケる～」

「いいもん、これから慣れてくから！　お姉ちゃん、あとでさばき方教えてね！」

そう言って頬を膨らませる美沙の手には、メモ帳とペンが握られていた。この子なりに真剣なのが伝わってきて嬉しかった。

「さばくって……普通の人じゃできないよ」

あんこうの吊るし切りは難易度が高く、ぬるぬるして危ないので、とてもじゃないが普通の人が「やってみよう」と思ってできるものではないのだ。

「まずは肝を炒めます」

そう言って、あん肝を大きな土鍋で炒める。肝をしゃもじで潰すと香ばしい匂いが漂う。学生たちはスマホのカメラを構えて興味深そうに説明を聞いてくれた。

あんこう鍋の調理は独特の間ができてしまうため、トークでつながなくてはならない。今までの私ならば、怖いやら嫌だやらで尻ごみしていたが、今日は心強い味方がいる。

「私とお姉ちゃん、ぜんっぜん似てないでしょー」

「それなー、全然キャラ違うじゃん。お前、涼子さんを少しは見習えよー」

美沙が話題をふると、どっと場が盛り上がる。私ひとりでこの場を切り抜けるのは難しかったかもしれない。美沙の気遣いがありがたい。

「美沙、ありがとう」

耳打ちすると、彼女はいたずらっぽく笑い「お姉ちゃん、楽しそうでよかった」と告げた。

「本当に楽しいよ」

そう言った気持ちは心からの本音で。今まではできなかった、楽しいときに楽しい顔をすることができる、その喜びに心が震えるような心地だった。

「皆さん、今日はどこを見てきたんですか？」

質問を投げかけると、磯前神社に神磯の鳥居、アニメのパネルが飾られた曲がり松商店街、マリンタワーに水族館などなど、さまざまな答えが返ってくる。それがたまらなく楽しく、たまらなく嬉しい。たくさんの人が楽しそうにしていこの場にいることが幸せだ。

ここに立つことができたのは、自分ひとりの力ではない。ひとりのままだったら、きっとこの瞬間も、ひとり調理場で家族を待ちながらしかめっ面をしていたに違いない。

たくさんの人と関わることができたのは——あのとき、落とした手帳を渡してくれたあの人のお陰だ。

肝を炒め終えると、美沙を手招きして呼ぶ。

「仕事、お願いしていい？　みんなを今から言うグループに分けといて」

「いいけど……なんで？」

美沙にグループ分けの基準を伝えると、不思議そうに首を傾げた。

「大丈夫、見ててよ」

私はそんな妹の背中をポンと叩いた。

「何だろうね～」

大学生たちが席を移動している間、二つの鍋にそれぞれ用に配合したみそを入れて味付けをする。皆和気あいあいとした様子でお酒を楽しみながら完成を待っていた。

「お待たせしました」

こうして、ふたつの鍋が完成した。ふたを開けるとぐつぐつと沸騰し、味噌の香りを漂わせながら、白菜と花の形に切ったにんじんを浮かべている。

「わぁ、いい匂い～」

「おいしそ～」

大学生たちは楽しそうに鍋をよそい始めた。それぞれの鍋の出汁の色が微妙に違うことに彼らは気づくだろうか。

「はふはふ、あちゅい」

「わぁ、皮の部分だよね。ちゅるっとしてておいし〜」

「あんこうってこんな味なんだね」

それぞれ楽しそうに食べているのでひとまずホッとした。あんこう鍋には普通のお鍋と、水を加えないで作るどぶ汁がある。今回はあんこう鍋初心者の大学生だったので、うま味が強いが臭みも強いどぶ汁よりも、普通のあんこう鍋を選んだ。

「ねぇお姉ちゃん、なんで出身地で鍋を分けたの？」

美沙が質問を投げかけたそのとき、ふたつのあんこう鍋を交換した女の子たちから驚きの声が上がった。

「わー、そっちのあんこう鍋はちょっと薄味だね〜」

「ほんとだ！　こっちはちょっと濃い！」

そう、美沙に頼んだのは、出身地でのグループ分けだった。関東と関西では味の好みが違い、それに合わせてカップうどんの味が違うことは有名な話だ。「おいしい」の価値観は人それぞれだが、それにできるだけ近づけるための工夫をしたい。大洗に、松川荘《うち》に来たからには、よりたくさんの人においしいものを食べてほしい。そんな願いの結果、松川荘では創業以来、あんこう鍋を作るときは味を出身地に合わせて微妙に調整している。

「お鍋もいいけど、こっちのから揚げもうまいな～」

男子の学生さんが、から揚げを頬張る。若い子ばかりだから、あんこうのから揚げも用意していたのだが、読みがあたったようだ。あんこうの唐揚げは肉ほどガッツリ感はないが、その分あっさりとしていて、たくさん食べられるだろう。


こうして、無事に宴会はお開きを迎え、大学生たちは部屋に戻って行った。

◆◆◆

「うーーーん、最っ高だった！」

翌日、美沙は朝日をたっぷりと浴びた海の前でぐーんと伸びをしていた。彼女は昨日、仕切るのに忙しくしていたせいで、深酒は免れたようだ。

コートを揺らす潮風が気持ちよい。

もう二月。冬もあと少しだ。あんこうの季節が終われば、大洗に春がやってくる。

「みんな、来年も来たいって。よろしくね、お姉ちゃん」

「まだ松川荘が続くって決まったわけじゃないし……でも、ありがとね、美沙」

「いやいや、昨日のお姉ちゃんは一段とイケメンだったよ。超やり手の若女将って感じでさ」

どっこいしょ、と親父くさいかけ声とともに美沙は海辺のベンチに腰かける。

昨日のことはよく覚えていない。正直、とても楽しくておかしくて、ずっと夢の中にいるみたいだった。全開の笑顔も自然だったらしく、美沙には「ゾーンに入ったんだ」とからかわれていた。

「震災のあとのお姉ちゃん、見てられなかったもん」

「震災じゃなくて、おじいちゃんが死んじゃったあと」

震災で壊れかけた町。津波でさらわれていったもの。失意のまま死んでいった祖父。

そして、祖父がいなくなったことをきっかけに、私は泣くことも笑うこともできなくなっていた。

「お姉ちゃんって、おじいちゃん子だったもんね。……私、ずっとお姉ちゃんを縛ってたこの町が嫌で嫌で。じゃあいっそ丸ごと捨てちゃえ！　って気合い入れて出てったんだけどさ……大洗の海って、こんなに綺麗だったっけなあ……」

美沙はベンチに腰かけ、手袋のない手をこすりながら深い青の海を眺める。

「帰る場所だからね。大洗は地元の人だけじゃなくていろんな人の」

「ほんとねえ。住んでたころは、こんなやさしくていい町だなんて思いもしなかった」

だって教えてくれなかったし、と美沙は口をとがらせる。

「不器用だから、みんな。親切だけどちょっと不器用」

そこがこの町のよいところだ。それがわからずに苦しんでいた私はもういない。この場所は、ここに住む人たちは特別なんだ。どこにでもいる「普通」なんかじゃない。今なら胸を張って言える。

「ほんと、まさにそれだよね。なんかさ、現代って人との関わり方にマニュアル？　みたいなのってあるじゃん」

「何それ」

「東京にはあるの！　見えないマニュアルが」

暗黙の掟《おきて》があるのは田舎も同じだが、美沙が言うそれはもっと複雑でわかりにくいものなのかもしれない。

「でも、ここはなんか違うって言うか。こういう正解もあるのか～とかさ、とにかく嬉しくて、楽しくて、あったかいの。不思議だよね。昔はお節介でウザいって思ってたのに。あー……、なんか生きてるっていいな～って思った！」
美沙は私の方を向き、にっといたずらっぽく笑う。
「さあって、私は友達と遊んでくるね！　あ～あ、なんだか東京に戻りたくない。また
すぐに帰ってくるね」
美沙がさっと駆けていく。が、急に止まってこちらに戻ってきた。
「この間言いそびれたけど、加賀先生ってすっごくカッコイイね。お姉ちゃん、いい人
見つけたね！」
私の顔にカァッと熱がともる。いったい、いつ見たんだ……!!
「べ、別に違うから！　違うから！　ちょっと、待ちなさい、美沙!!!」
「待たないも－ん。また帰って来るけどね－！」
美沙はさっと駆け足で行ってしまった。

「また来るから。っていうか来週には帰ってくるから」

「俺もサーフィン始めよっかなぁ」

「やだよ～！　帰りたくない～」

「東京の魚が食べられなくなりそうだよ～」

夕方。大学生たちが夕陽を背負ったバスに吸いこまれていく。私と民宿のご主人たち、詩織ちゃんは見送りに出ていた。

今回の宴会は大成功で、特に反響が大きかったのは加賀先生の見つけた飲食店の十五人だった。なにやら、十五人なら貸しきりにせずとも余裕で通せたお店らしく、やってきた常連客と大学生たちが意気投合して仲よくなったらしい。

美沙も「この間みたく、また地元の人とも一緒に飲みたいなぁ」と言っていた。仲間うちだけで飲むのは散々やっているので、そういうのもよいみたいだ。彼らは、次回は二泊して、一日はそうしたいと息巻いていた。

そうしているうちに、バスは発車する。皆、名残惜《なごり》しそうに窓から手を振っていた。

嵐のように始まった宴会は、嵐のように終わってしまった。

「やっぱり、にぎやかになんのはいいなあ……」

もう見えなくなってしまったバスの通っていった道を眺め、ご主人のひとりがさみしげに呟いた。

「さーて、打ち上げに、飲みさ行くかぁ！」

別のご主人が言う。それを合図に、皆それぞれのペースで打ち上げ会場の飲み屋へと歩き始めた。突然の無茶なお願いに答えてくれた皆さんに、感謝を忘れてはいけない。

「皆さん、ご協力ありがとうございました」

私が心から頭を下げると、皆振り返って大笑いする。

「いいっていいって！　涼子ちゃんも疲れたっぺ？　今日はいっぱい飲んべ！」

「だっぺだっぺ。涼子ちゃんは随分立派になっちゃって。おばちゃん鼻が高いよ〜」

皆そうねぎらってくれるが、疲れているのはきっと同じだろう。なのに、本当にありがたい。

大丈夫。知恵を絞って足元のことを変え続ければ、この大洗がある限り絶対にやっていける。

◆◆◆

「ただいまー」

打ち上げを終え、心地よく酔った体で玄関をくぐる。全神経を集中させて疲れはしたが、どこか気持ちのよい疲労感だ。

「涼子、そこ座れ」

祖母は一足先に居間に戻ってお茶を飲んでいた。私はうなずき、こたつ机の向こうに正座する。その一瞬で酔いはどこかに行ってしまった。祖母の顔はいたって真剣で、これは大事な話が控えていると嫌でもわかった。

「涼子、わがってると思うが……」

「うん」

改めて私に釘を刺すつもりか。私は手を強く握り締めて奥歯を噛む。加賀先生たちだけでなく、美沙まで協力してくれた。今度は私自身が頑張る番だ。

「おばあちゃん、その前に私の話を聞いて」

まっすぐに祖母を見つめると、彼女は眉をひそめた。

「私は大洗が好きだし、大洗を盛り上げていきたい。松川荘も好き。ここに来ることを楽しみにしてる人がいるのに、それを奪いたくない。ここはみんなにとって帰ってくる家なんだから、なくすなんてダメだよ」

祖母は何も言わずに黙ってこちらを睨んでいる。負けちゃダメだとさらにこぶしを強く固めた。

「だーれが潰すっつった。おめぇはなーんもわがってねぇ」

祖母は諦めたかのように溜め息をつく。

「おめぇの働きぶりはまだまだだ。特に接客。だが、気持ちは言わねぇでもよ～くわがっだ。接客はまだまだだが」

二回言わないでほしい。言われるたびにがくりと肩が落ちる。

「けんど、気持ちは伝わった。何事も気持ちだ。だから――一年猶予をやる。それを見て続けっか決めっから」

「猶予？」

祖母はうなずく。ということは、来年の六月まで延びるということか。それは喜ぶべきことかもしれない。

「ありがとう、おばあちゃん！」

「バカ、早合点すんな。ただ猶予をやるんでねぇ。涼子、おめえに三づ、課題さ出すから、全部クリアーしろ！」

祖母は「クリアー」という横文字を強調する。祖母はいったい何を言い出すんだ。私は生唾を飲み込みながら言葉の続きを待った。

「ひとつめ、前年比五％の増益だ」

「じょ、冗談だよね？」

「誰が冗談なんか言うか。知恵を絞れ、知恵を」

前年比一〇五％と言ったら、ざっと計算して、松川荘《うち》の場合は震災前よりも高い売り上げが必要になる。震災以降、ガクリと減った利益を、コツコツ一、二パーセントずつ積み重ねてきても届かなかった数字だ。ただでさえ大洗を訪れる人数は震災前から回復していないのに。

「ふたつめ、スマホとSNSを使いこなすこと」

「やってるよ！」

反射的に返してしまう。SNSといえば私の天敵だが、最近は少しずつ頑張っているつもりだ。これ以上を求めるなんて難しすぎる。

「まだまだだ。それとも民宿、諦めっか？」

「……やる」

言いたいことはわかるのだ。今はSNSで「発信」された情報が大事にされる時代だ。こちらも対応していかないと、ますます時代の流れから振り落とされるはめになる。

「次の条件だが――」

前ふたつを上まわる絶望的な条件を突きつけられ、私は絶句するしかなかった。

――そんなの絶対無理!!

エピローグ

磯前神社の石段の上。建物の合間から燃えるように輝く海を見渡しながら、先生と私は朝焼けを眺めていた。連絡先を交換した大学生たちのSNSで画像を見かけたようで、先生に誘われて見に行くことになったのだ。海のすぐそばの神磯の鳥居付近が人気だが、あそこはカップルだらけなのに対し、こちらは穴場なのだ。今回は貸しきりだった。

「お疲れさまです、涼子さん。民宿のこと、本当によかったですね」

「と言っても……期限が延びただけです」

「あれ、涼子さん元気ないですね」

「そうですか？」

「僕でよければ相談に乗りますよ」

「結構です」

「どうしてですか!!!」

「結構です。先生の助けは必要ありません」

「なんで？　意地悪しないで理由を教えてください。僕が部外者だからですか!?」

部外者ではない。むしろ、当事者も当事者だ。

祖母の出した三つめの条件——それは、加賀先生を捕まえて結婚することだった。本当にあの人はなんてことを言ってくれたのだ。

祖母の言い分はこうだ。

『これからは民宿の時代じゃねぇ。夫には別の稼ぎもあった方がいいだろう。ちょうどお前が気になっている加賀先生がいんだろ。あいつと結婚しっちめぇ』

とんでもない話だった。

先生のことは嫌いではないが、結婚相手は自分で決めたいし、先生だって私と結婚だなんて嫌だろう。きっと、眠そうな顔で診療所に出かける先生に、黙って弁当を突きつけるような妻になるに違いない。……って何を想像しているんだ。私は絶対、そういうのではない。

そもそも、この人は見た目とのギャップが激しすぎて、中身を知ればガッカリ感がすごすぎる……と思いたいのに、そう思わせてくれない。

——この人は、町の人たちすら自信が持てなかったこの町を、すぐに好きになってくれたから。

「いい風ですね。ここは本当にいい町だ」

加賀先生のふんわりとした髪が、冷たい風に揺られてふわふわと揺らめいた。白い肌を朝陽の赤が照らし、瞳に赤い光が灯る。その姿に、悔しいけどほんの少しだけドキリとしてしまった。

「……やっぱりそんなの無理！」

「？　涼子さん、悩みごとですか？」

「い、いえ。今のは聞かなかったことにしてください」

また繰り返すこの一年で、ひとりでも多くの人にこの町を好きになってもらおう。そして、小さなことを積み上げ続ければ、もしかしたら、奇跡だって起こせるかもしれない――。

「帰りましょっか。大学生たちのお店を手配してくれたでしょ？　お礼に朝ごはん、ご馳走しますから」

「ほんとですか!?　久しぶりだし楽しみだなあ」

ふと、先生の顔から笑顔が消え、はからずもドキリとしてしまう。

「涼子さんが頑張ったことで、少しずつかもしれませんが、この町もさらによくなっていくはずです。」

「……先生、先生の真剣な顔……かっこいいと思いますよ」

思わず口をついてしまった言葉に、顔に熱が上っていくのを感じる。これから祖母の誤解を解いていかなくてはならないのに、何てことを言ってしまったんだ。

「なんでもありません！　今のはナシです。あ、励ましの言葉、ありがとうございます」

——どうか、もっとたくさんの人がこの町のことを好きになってくれますように。

あとがき

はじめましての方もそうではない方もこんにちは、矢御あやせです。

ありがたいことに、今回は地元・茨城県のお話を出させていただくことになりました。

「なぜ大洗？　出身の水戸でもいいじゃない」と思う方もいらっしゃるかもしれません。

いろいろ理由はあるのですが、きっかけは、かつて、父が大洗で土日のみ漁船の船頭をしていたことです。私にとって、大洗とのご縁はそこから始まったのです。

さて、取材のため大洗町に行って驚いたのは、とにかく町の方々が親切だったことです。たくさんの方が、まるで親戚の子でも迎えるかのように、様々なお話を聞かせてくださったこと、どんなに感謝してもし足りません。

また、今回、取材させていただいたお店の方から「大洗にハマっている人たち」をご紹介いただいたのですが、皆さま心から大洗を楽しんでいて。遠方に住んでいる方も多いのに、まるで近所の馴染みのように、大洗のお店の常連となって楽しんでいらして、とても不思議な感覚（ですがとても温かい気持ち）になりました。

取材をすればするほど、私もその魅力にどっぷりと浸かってしまいました。おそらく、この本の発行後も足繁く通ってしまうと思います。

茨城県といえば、もはや「魅力度ランキング最下位県」。「最下位の方が有名になる」と笑う県民も少なくないです。実は、私の家族もそうです。

ですが、茨城だっていいところはたくさんあるんです。（特に、ごはんがおいしい!!）私は今回の取材を通して、もっと茨城が好きになり、「もっと茨城を書いていきたい」と感じています。まだまだ、涼子と同じく照れが入るのですが。

もっともっと、茨城はいいところがあるんだぞ！　とたくさんの人に発信したくなりました。茨城は、大洗はいいぞ！

最後に謝辞を。取材にご協力いただきました各店舗・各民宿の皆様。また遊びに行かせていただきます！　大洗クラスタのKさん、大洗道、もっと究めたいです！　イラスト担当のｔｏｉ８さん、お忙しい中素晴らしいイラストをありがとうございます。本書を制作するにあたって協力いただきました皆さま、このような素敵な一冊を一緒に作ってくださり、本当にありがとうございました。この場を借りてお礼を申し上げます。

矢御あやせ

この物語はフィクションです。
実在の人物、団体等とは一切関係がありません。
本作は書き下ろしです。

矢御あやせ先生へのファンレターの宛先

〒101-0003　東京都千代田区一ツ橋2-6-3　一ツ橋ビル2F
マイナビ出版　ファン文庫編集部
「矢御あやせ先生」係